慢行者，总有时间抵达

Slow
Traveler,
Direction Of Arrival

梁实秋 作品

CNS | 湖南人民出版社

图书在版编目（CIP）数据

慢行者，总有时间抵达 / 梁实秋著. -- 长沙：湖南人民出版社，2018.3

ISBN 978-7-5561-1831-1

Ⅰ. ①慢… Ⅱ. ①梁… Ⅲ. ①散文集－中国－当代 Ⅳ. ①I267

中国版本图书馆 CIP 数据核字 (2017) 第 273480 号

出　　品：阅享

监　　制：杨沐涵　黄博文

产品经理：李　凯

责任编辑：姚晶晶

设计指导：@Teaya

封面设计：Platinum Design

MANXINGZHE ZONGYOU SHIJIAN DIDA

慢行者，总有时间抵达

梁实秋　著

出版发行：湖南人民出版社

网　　址：www.hnppp.com

地　　址：长沙市营盘路东路 3 号

邮　　编：410005

印　　刷：湖南天闻新华印务有限公司

经　　销：湖南省新华书店

开　　本：880 毫米 ×1230 毫米　1/32

版　　次：2018 年 3 月第 1 版　2018 年 3 月第 1 次印刷

字　　数：150 千字

印　　张：8

书　　号：ISBN 978-7-5561-1831-1

定　　价：52.00 元

目录

第一辑

人生真味

无竹令人俗，无肉使人瘦。

若要不俗也不瘦，餐餐笋煮肉。

第二辑

红尘世相

我一向不信孩子是未来世界的主人翁，

因为我亲见孩子到处在做现在的主人翁。

第三辑

闲说世语

鼾声是不是讨人厌，去问问寡妇。

第四辑

住家闲人

艺术与自然本是相对的名词，凡艺术皆是人为，盆景如从前妇人之缠足，缠得趾骨弯折，以成为三寸金莲，我欣赏盆景之余，真想将其移之于大地，任其自然生长。

第五辑

华芳旧事

人，来不知从何处来，去不知向何处去，来时并非本愿，去时亦未征得同意，此间我们是以心为形役呢？还是立德立功以求不朽？这些大主意需要自己拿。

第一辑／人生真味

无竹令人俗，无肉使人瘦。

若要不俗也不瘦，餐餐笋煮肉。

烤羊肉

北平中秋以后，螃蟹正肥，烤羊肉亦一同上市。口外的羊肥，而少膻味，是北平人主要的食用肉之一。不知何故很多人家根本不吃羊肉，我家里就羊肉不曾进过门。说起烤肉就是烤羊肉。南方人吃的红烧羊肉，是山羊肉，有膻气，肉瘦，连皮吃，北方人觉得是怪事，因为北方的羊皮留着做皮袄，舍不得吃。

北平烤羊肉以前门肉市正阳楼为最有名，主要的是工料细致，无论是上脑、黄瓜条、三叉、大肥片，都切得飞薄，切肉的师傅就在柜台近处表演他的刀法，一块肉用一块布蒙盖着，一手按着肉一手切，刀法利落。肉不是电冰柜里的冻肉（从前没有电冰柜），就是冬寒天冻，肉还是软软的，没有手艺是切不好的。

正阳楼的烤肉支子，比烤肉宛、烤肉季的要小得多，直径不过一尺，放在四张八仙桌子上，都是摆在小院里，四围是四把条凳。三五个一伙围着一个桌子，抬起一条腿踩在条凳上，边烤边饮边吃边说笑，这是标准的吃烤肉的架势。不像烤肉宛那样的大支子，十几条大汉在熊熊烈火周围，一面烤肉一面烤人。女客喜欢到正阳楼吃烤肉，地方比较文静一些，不愿意露天自已烤，伙计们可以烤好送进房里来。烤肉用的不是炭，不是柴，是烧过除烟的松树枝子，所以带有特殊香气。烤肉不需多少佐料，有大葱、芫荽（香菜）、酱油就行。

正阳楼的烧饼是一绝，薄薄的两层皮，一面粘芝麻，打开来会冒一股滚烫的热气，中间可以塞进一大箸子烤肉，咬上去，软。普通的芝麻酱烧饼不对劲，中间有芯子，太厚实，夹不了多少肉。

我在青岛住了四年，想起北平烤羊肉馋涎欲滴。可巧厚德福饭庄从北平运来大批冷冻羊肉片，我灵机一动，托人在北平为我定制了一具烤肉支子。支子有一定的规格尺度，不是外行人可以随便制造的。我的支子运来之后，大宴宾客，命儿辈到寓所后山拾松塔盈筐，敷在炭上，松香浓郁。烤肉佐以潍县特产大葱，真如锦上添花，葱白粗如甘蔗，斜切成片，细嫩而甜。吃得皆大欢喜。

提起潍县大葱，又有一事难忘。我的同学张心一是一位畸人（奇异之人），他的夫人是江苏人，家中禁食葱蒜，而心一是甘肃人，极嗜葱蒜。他有一次过青岛，我邀他家中便饭，他要求大葱一盘，别无所欲。我如他所请，特备大葱一盘，家常饼数张。心一以葱卷饼，顷刻而罄，对于其他菜肴竟未下箸，直吃得他满头大汗。他说这是数年来第一次如意的饱餐！

我离开青岛时把支子送给同事赵少侯，此后抗战军兴，友朋星散，这青岛独有的一个支子就不知流落何方了。

汤包

说起玉华台，这个馆子来头不小，是东堂子胡同杨家的厨子出来经营掌勺。他的手艺高强，名作很多，所做的汤包，是故都的独门绝活。

包子算得什么，何地无之？但是风味各有不同。上海沈大成、北万馨、五芳斋所供应的早点汤包，是令人难忘的一种。包子小，小到只好一口一个，但是每个都包得俏式，小蒸笼里垫着松针（可惜松针时常是用得太久了一些），有卖相。名为汤包，实际上包子里面并没有多少汤汁，倒是外附一碗清汤，表面上浮着七条八条的蛋皮丝，有人把包子丢在汤里再吃，成为名副其实的汤包了。这种小汤包馅子固然不恶，妙处却在包子皮，半发半不发，薄厚适度，制作上颇有技巧，台北也有人仿制上海式的汤包，得其仿佛，已经很难得了。

天津包子也是远近驰名的，尤其是狗不理的字号十分响亮。其实不一定要到狗不理去，搭平津火车一到天津西站就有一群贩卖包子的高举笼屉到车窗前，伸胳膊就可以买几个包子。包子是扁扁的，里面确有比一般为多的汤汁，汤汁中有几块碎肉、葱花。有人到铺子里吃包子，才出笼的，包子里的汤汁曾有烫了脊背的故事，因为包子咬破，汤汁外溢，流到手掌上，一举手乃顺着胳膊流到脊背。不知道是否真有其事，不过天津包子确是汤汁多，吃的时候要小心，不烫到自己的脊背，至少可以溅到同桌食客的脸上。相传的一个笑话：两个不相识的人据一张桌子吃包子，其中一位一口咬下去，包子里的一股汤汁直飙过去，把对面客人喷了个满脸花。肇事的这一位并未觉察，低头猛吃。对面那一位很沉得住气，不动声色。堂倌在一旁看不下去，赶快拧了一个热手巾送了过去，客徐曰："不忙，他还有两个包子没吃完哩。"

玉华台的汤包才是真正的含着一汪子汤。一笼屉里放七八个包子，连笼屉上桌，热气腾腾，包子底下垫着一块蒸笼布，包子扁扁的，塌在蒸笼布上。取食的时候要眼明手快，抓住包子的皱褶处猛然提起，包子皮骤然下坠，像是被婴儿吮瘪了的乳房一样，趁包子没有破裂赶快放进自己的碟中，轻轻咬破包子皮，把其中的汤汁吸饮下肚，然后再吃包子的空皮。没有经验的人，看着笼里的包子，又怕烫手，又怕弄破包子皮，犹犹豫豫，结果大概是皮破汤流，一塌糊涂。有时候堂倌代为抓取。其实吃这种包子，其乐趣一大部分就在那一抓一吸之间。包子皮是烫面的，比烫面饺的面还要稍硬一点，否则包不住汤。那汤原是肉汁冻子，打进肉皮一起煮成的，所以才能凝结成为包子馅。汤里面可以看得见一些碎肉渣子。这样的汤味道不会太好。我不太懂，要喝汤为什么一定要灌在包子里然后再喝。

狮子头

狮子头，扬州名菜。大概是取其形似，而又相当大，故名。北方饭庄称之为“四喜丸子”，因为一盘四个。北方做法不及扬州狮子头远甚。

我的同学王化成先生，扬州人，幼失恃（丧母），赖姑氏扶养成人，姑善烹调，化成耳濡目染，亦通调和鼎鼐之道。化成外交部为官多年，后外放葡萄牙公使历时甚久，终于任上。他公余之暇，常亲操刀俎，以娱嘉宾。狮子头为其拿手杰作之一，曾以制作方法见告。

狮子头人人会做，巧妙各有不同。化成教我的方法是这样的——

首先取材要精。细嫩猪肉一大块，七分瘦三分肥，不可有些许筋络纠结于其间。切割之际最要注意，不可切得七歪八斜，亦不可剁成碎泥，其秘诀是“多切少斩”。挨着刀切成碎丁，越碎越好，然后略为斩剁。

次一步骤也很重要。肉里不羼芡粉，容易碎散；加了芡粉，黏糊糊的不是味道。所以调好芡粉要抹在两个手掌上，然后捏搓肉末成四个丸子，这样丸子外表便自然糊上了一层芡粉，而里面没有。把丸子微微按扁，下油锅炸，以丸子表面紧绷微黄为度。

再下一步是蒸。碗里先放一层转刀块冬笋垫底，再不然就横切黄芽白（大白菜）作墩形数个也好。把炸过的丸子轻轻放在碗里，大火蒸一个钟头以上。揭开锅盖一看，浮着满碗的油，用大匙把油撇去，或用大吸管吸去，使碗里不见一滴油。

这样的狮子头，不能用筷子夹，要用羹匙舀，其嫩有如豆腐。肉里要加葱汁、姜汁、盐。愿意加海参、虾仁、荸荠、香蕈，各随其便，不过也要切碎。

狮子头是雅舍食谱中重要的一色。最能欣赏的是当年在北碚的编译馆同仁萧毅武先生，他初学英语，称之为“莱阳海带”，见之辄眉飞色舞。化成客死异乡，墓木早拱矣，思之怃然！

烧鸭

北平烤鸭，名闻中外，在北平不叫烤鸭，叫烧鸭，或烧鸭子，在口语中加一子字。

《北平风俗杂咏》严辰《忆京都词》十一首，第五首云：

忆京都·填鸭冠寰中

烂煮登盘肥且美，加之炮烙制尤工。
此间亦有呼名鸭，骨瘦如柴空打杀。

严辰是浙人，对于北平填鸭之倾倒，可谓情见乎词。

北平苦旱，不是产鸭盛地，唯近在咫尺之通州得运河之便，渠塘交错，特宜畜鸭。佳种皆纯白，野鸭、花鸭则非上选。鸭自通州运到北平，仍需施以填肥手续。以高粱及其他饲料揉搓成圆条状，较一般香肠热狗为粗，长约四寸许。通州的鸭子师傅抓过一只鸭来，夹在两条腿间，使不得动，用手掰开鸭嘴。以粗长的一根根的食料蘸着水硬行塞入。鸭子要叫都叫不出声，只有眨巴眼的份儿。塞进口中之后，用手紧紧的往下捋鸭的脖子，硬把那一根根的东西挤送到鸭的胃里。填进几根之后，眼看着再填就要撑破肚皮，这才松手，把鸭关进一间不见天日的小棚子里。几十上百只鸭关在一起，像沙丁鱼，绝无活动余地，只是尽量给予水喝。这样关了若干天，天天扯出来填，非肥不可，故名“填鸭”。一来鸭子品种好，二来师傅手艺高，所以填鸭为北平所独有。抗战时期在后方有一家餐馆试行填鸭，三分之一死去，没死的虽非骨瘦如柴，也并不很肥，这是我亲眼看到的。鸭一定要肥，肥才嫩。

北平烧鸭，除了专门卖鸭的餐馆如全聚德之外，是由便宜坊（即酱肘子铺）发售的。在馆子里亦可吃烤鸭，例如在福全馆宴客，就可以叫右边邻近的一家便宜坊送了过来。自从宣外的老便宜坊关张以后，要以东城的金鱼胡同口的宝华春为后起之秀，楼下门市，楼上小楼一角最是吃烧鸭的好地方。在家里，打一个电话，宝华春就会派一个小利巴（小伙计），用保温的铅铁桶送来一只才出炉的烧鸭，油淋淋的，烫手热的。附带着他还带来蒸荷叶饼、葱、酱之类。他在席旁小桌上当众片鸭，手艺不错，讲究片得薄，每一片有皮有油有肉，随后一盘瘦肉，最后是鸭头、鸭尖，大功告成。主人高兴，赏钱两吊，小利巴欢天喜地称谢而去。

填鸭费工费料，后来一般餐馆几乎都卖烧鸭，叫作叉烧烤鸭，连闷炉的设备也省了，就地一堆炭火、一根铁叉就能应市。同时用的是未经填肥的普通鸭子，吹凸了鸭皮晾干一烤，也能烤得焦黄迸脆。但是除了皮就是肉，没有黄油，味道当然差得多。有人到北平吃烤鸭，归来盛道其美，我问他好在哪里，他说："有皮，有肉，没有油。"我告诉他："你还没有吃过北平烤鸭。"

所谓一鸭三吃，那是广告噱头。在北平吃烧鸭，照例有一碗滴出来的油，有一副鸭架装。鸭油可以蒸蛋羹，鸭架装可以熬白菜，也可以煮汤打卤。馆子里的鸭架装熬白菜，可能是预先煮好的大锅菜，稀汤寡水，索然寡味。会吃的人要把整个的架装带回家里去煮。这一锅汤，若是加口蘑（不是冬菇，不是香蕈）打卤，卤上再加一勺炸花椒油，吃打卤面，其味之美无与伦比。

两做鱼

常听人说北方人不善食鱼，因为北方河流少，鱼也就不多。我认识一位蒙古贵族，除了糟溜鱼片之外，从不食鱼；清蒸鲥鱼，干烧鲫鱼，他不屑一顾，他生怕骨鲠刺喉。可是亦不尽然。不久以前我请一位广东朋友吃石门鲤鱼，居然谈笑间一根大刺横鲠在喉，喝醋吞馒头都不收效，只好到医院行手术。以后他大概只能吃“滑鱼球”了。我又有一位江西同学，他最会吃鱼，一见鱼脍上桌便不停下箸，来不及剔吐鱼刺，伸出舌头往嘴边一送，便见一根根鱼刺贴在嘴角上，积满一把才用手抹去。可见食鱼之巧拙，与省籍无关，不分南北。

《诗经·陈风》：“岂其食鱼，必河之鲂？”“岂其食鱼，必河之鲤？”“河”就是黄河。鲂味腴美，《本草纲目》说“鲂鱼处处有之”。汉沔固盛产，黄河里也有。鲤鱼就更不必说。跳龙门的就是鲤鱼。冯谖齐人，弹铗叹食无鱼，孟尝君就给他鱼吃，大概就是黄河鲤了。

提起黄河鲤，实在是大大有名。黄河自古时常泛滥，七次改道，为一大灾害，治黄乃成历朝大事。清代置河道总督管理其事，动员人众，斥付巨资，成为大家艳羡的肥缺。从事河工者乃穷极奢侈，饮食一道自然精益求精。于是豫菜乃能于餐馆业中独树一帜。全国各地皆有渔产，松花江的白鱼、津沽的银鱼、近海的石首鱼、松江之鲈、长江之鲥、江淮之鮰、远洋之鲳……无不佳美，难分轩轾。黄河鲤也不过是其中之一。

豫菜以开封为中心，洛阳亦差堪颉颃。到豫菜馆吃饭，柜上先敬上一碗开口汤，汤清而味美。点菜则少不得黄河鲤。一尺多长的活鱼，欢蹦乱跳，伙计当着客人面前把鱼猛掷触地，活活摔死。鱼的做法很多，我最欣赏清炸酱汁两做，一鱼两吃，十分经济。

清炸鱼说来简单，实则可以考验厨师使油的手艺。使油要懂得沸油、热油、温油的分别。有时候做一道菜，要转变油的温度。炸鱼要用猪油，炸出来色泽好，用菜油则易焦。鱼剖为两面，取其一面，在表面上斜着纵横细切而不切断。入热油炸之，不需裹面糊，可裹芡粉，炸到微黄，鱼肉一块块的裂开，看样子就引人入胜。撒上花椒、盐上桌。常见有些他处的餐馆作清炸鱼，鱼的品种是无可奈何的事，只要是活鱼就可以入选了，但是刀法太不讲究，切条切块大小不一，鱼刺亦多横断，最坏的是外面裹了厚厚一层面糊。

两做鱼另一半酱汁，比较简单，整块的鱼嫩熟之后浇上酱汁即可，唯汁宜稠而不黏，咸而不甜。要撒姜末，不需别的佐料。

炝青蛤

北人不大吃带壳的软体动物，不是不吃，是不似南人之普遍嗜食。

沈括《梦溪笔谈》卷二十四："如今之北方人喜用麻油煎物，不问何物，皆用油煎。庆历中，群学士会于玉堂，使人置得生蛤蜊一篑，令饔人烹之，久且不至。客讶之，使人检视，则曰：'煎之已焦黑而尚未烂。'坐客莫不大笑。"沈括，宋时人，当时可能有过这样的一个饔人闹过这样的一个笑话。

北平山东餐馆里，有一道有名的菜"炝青蛤"。所谓青蛤，一寸来长，壳面作淡青色，平滑洁净，肉微呈黄色，在蛤类中比较最具干净相。做法简单，先在沸水中烫过，然后掰开贝壳，一个个的都仰列在盘里，撒上料酒、姜末、胡椒粉，即可上桌，为上好的佐酒之物。另一吃法是做“芙蓉青蛤”，所谓芙蓉就是蒸蛋羹，蒸到半熟时把剥好的青蛤肉摆在表面上，再蒸片刻即得。也有不剥蛤肉，整个青蛤带壳投在蛋里去蒸的。这种带壳蒸的办法，似嫌粗豪，但是也有人说非如此不过瘾。

青蛤在家里也可以吃，手续简单，不过在北方吃东西多按季节。春夏之交，黄鱼、大头鱼上市，也就是吃蛤蜊的旺季。我记得先君在世的时候，照例要到供应水产最为丰富的东单牌楼菜市采购青蛤，一买就是满满一麻袋，足足有好几十斤，几乎一个人都提不动，运回家来供我们大嚼。先是浸蛤于水，过一昼夜而泥沙吐尽。所人说，水里若是滴上一些麻油，则泥沙吐得更快更干净。我没有试过。蛤虽味鲜，不宜多食，但是我的二姐曾有一顿吃下一百二十个青蛤的记录。大家这样狂吃一顿，一年之内不做再吃想矣。

在台湾我没有吃到过青蛤。著名的食物“蚵仔煎”，蚵仔是闽南语，实即牡蛎，亦即蚝。这种东西宁波一带盛产。剥出来的肉，名为蛎黄。李时珍《本草纲目》：“南海人，食其肉，谓之蛎黄。”其实蛎黄亦不限于南海。东北人喜欢吃的白肉酸菜火锅，即往往投入一盘蛎黄，使汤味格外鲜美。此地其他贝类，如哈蚂、海瓜子，大部分都是酱油汤子里泡着，咸滋滋的，失去鲜味不少。蚶子是南方普遍食物，人工培养蚶子的地方名为“蚶田”。《大清一统志》：“莆田县东七十里大海上，有蚶田四百顷。”规模好大！蚶子用开水一烫，掰开加三合油、姜末就可以吃，壳里漾着血水，故名“血蚶”。我看见那血水，心里不舒服，再想到上海弄堂每天清早刷马桶的人，用竹帚蛤子壳哗啦哗啦搅得震天响，看着蛤子就更不自在了。至于淡菜，一名“壳菜”，也是浙闽名产，晒干了之后可用以煨红烧肉，其形状很丑，像是晒干了的蝉，又有人想入非非就是像另外一种东西。总之这些贝类都不是北人所易接受的。

美国西海岸自阿拉斯加起以至南加州，海底出产一种巨大的蛤蜊，名曰 geoduck，很奇怪的当地的人却读如“古异德克”，又名之曰“蛤王”（king clam）。其壳并不太大，大者长不过四五寸许，但是它的肉体有一条长长的粗粗的肉伸出壳外，略有伸缩性，但不能缩进壳里，像象鼻一样，其状不雅，长可达一尺开外，两片硬壳贴在下面形同虚设。这条长鼻肉味鲜美，可以说是美国西海岸食物中的隽品。我曾为文介绍，可是国人旅游美国西部者，搜奇选胜，却很少人尝过古异德克。知音很难，知味亦不易。我初尝异味是在西雅图高叔哿、严倚云伉俪府上，这两位都精易牙之术。高先生告诉我，古异德克虽是珍品，而美国人不善处理，较高级餐馆菜单中偶然也列此一味，但是烹制出来，尽管猛加白兰地，不是韧如皮鞋底，就是味同嚼蜡。皆因西人烹调方法，不外油炸、水煮、热烤，就是缺了我们中国的“炒”。他们根本没有炒菜锅。英文中没有相当于“炒”的字，目前一般翻译作 stir fry（一面翻腾一面煎）。高先生作古异德克是用炒的方法，先把象鼻形的那根肉割下来，其余部分丢弃，用沸水一浇，外表一层粗皱的松皮就容易脱落下来了，然后切成薄片，越薄越好。旺火，沸油，爆炒，加进葱、姜、盐，翻动十来下，熟了，略加玉米粉，使汁稠，趁热上桌。吃起来有广东馆子“炒响螺”的味道，美。

美国人不懂这一套。风行美国各地的“蛤羹”（clam chowder）味道不错，里面的番薯、牛奶、麦粉大概不少，稠糊糊的，很难发现其中有蛤。现在他们动起“蛤王”的脑筋来了，切碎古异德克制作蛤羹，并且装了罐头，想来风味不恶。

一九八六年五月七日台湾一家报纸刊出一则新闻式的广告，标题是“深海珍品鲍鱼贝——肉质鲜美好口味”。鲍鱼贝的名字起得好，即是古异德克。据说日本在一九七六年引进了鲍鱼贝，而且还生吃。在台湾好像尚未被老饕注意，也许是因为我们的美味种类已经太多了。

贝类之中体积最小者，当推江浙产的“黄泥螺”。这种东西我就从未见过。菁清说她从小就喜欢吃，清粥小菜经常少不了它，有一天她居然在台北一家店里瞥见了一瓶瓶的黄泥螺，像是他乡遇故知一般，悉数买了回来。据告这是海员偶然携来寄售的，以后再买就买不到了。黄泥螺小得像绿豆一般，黑不溜湫的，不起眼，里面的那块肉当然是小得可怜，而且咸得很。

笋

我们中国人好吃竹笋。《诗经·大雅·韩奕》:“其簌维何,维笋及蒲。”可见自古以来,就视竹笋为上好的蔬菜。唐朝还有专员管理植竹,《新唐书·百官志》:“司竹监掌植竹苇……岁以笋供尚食。”到了宋朝的苏东坡,初到黄州立刻就吟出“长江绕郭知鱼美,好竹连山觉笋香”之句,后来传诵一时的“无竹令人俗,无肉使人瘦。若要不俗也不瘦,餐餐笋煮肉。”更是明白表示笋是餐餐所不可少的。不但人爱吃笋,熊猫也非吃竹枝竹叶不可,竹林若是开了花,熊猫如不迁徙便会饿死。

笋,竹萌也。竹类非一,生笋的季节亦异,所以笋也有不同种类。苦竹之笋当然味苦,但是苦的程度不同。太苦的笋难以入口,微苦则亦别有风味,如食苦瓜、苦菜、苦酒,并不嫌其味苦。苦笋先煮一过,可以稍减苦味。苏东坡是吃笋专家，他不排斥苦笋，有句云："久抛松菊犹细事，苦笋江豚那忍说？"他对苦笋还念念不忘呢。黄鲁直曾调侃他："公如端为苦笋归，明日春衫诚可脱。"为了吃苦笋，连官都可以不做。我们在台湾夏季所吃到的鲜笋，非常脆嫩，有时候不善挑选的人也会买到微带苦味的。好像从笋的外表形状就可以知道其是否苦笋。

春笋不但细嫩清脆，而且样子也漂亮。细细长长的，洁白光润，没有一点瑕疵。春雨之后，竹笋骤发，水分充足，纤维特细。古人形容妇女手指之美常曰春笋。"秋波浅浅银灯下，春笋纤纤玉镜前。"（《剪灯余话》)。这比喻不算夸张，你若是没见过春笋一般的手指，那是你所见不广。春笋怎样做都好，煎炒煨炖，无不佳妙。油焖笋非春笋不可，而春笋季节不长，故罐头油闷笋一向颇受欢迎，唯近制多粗制滥造耳。

冬笋最美。杜甫《发秦州》："密竹复冬笋"，好像是他一路挖冬笋吃。冬笋不生在地面，冬天是藏在土里，需要掘出来。因其深藏不露，所以质地细密。北方竹子少，冬笋是外来的，相当贵重。在北平馆子里叫一盘"炒二冬"（冬笋、冬菇）就算是好菜。东兴楼的"虾子烧冬笋"，春华楼的"火腿煨冬笋"，都是名菜。过年的时候，若是以一蒲包的冬笋、一蒲包的黄瓜送人，这份礼不轻，而且也投老饕之所好。我从小最爱吃的一道菜，就是冬笋炒肉丝，加一点韭黄、木耳，临起锅浇一勺绍兴酒，认为那是无上妙品——但是一定要我母亲亲自掌勺。

笋尖也是好东西，杭州的最好。在北平有时候深巷里发出跑单帮的杭州来的小贩叫卖声，他背负大竹筐，有一小竹篓的笋尖兜售。他的笋尖是比较新鲜的，所以还有些软。肉丝炒笋尖很有味，羼在素什锦或烤麸之类里面也好，甚至以笋尖烧豆腐也别有风味。笋尖之外还有所谓“素火腿”者，是大片的制炼过的干笋，黑黑的，可以当作零食啃。

究竟笋是越鲜越好。有一年我随舅氏游西湖，在灵隐寺前面的一家餐馆进膳，是素菜馆，但是一盘冬菇烧笋真是做得出神入化，主要的是因为笋新鲜。前些年一位朋友避暑上狮头山住最高处一尼庵，贻书给我说：“山居多佳趣，每日素斋有新砍之笋，味绝鲜美，盍来共尝？”我没去，至今引以为憾。

关于冬笋，台南陆国基先生赐书有所补正，他说：“‘冬笋不生在地面，冬天是藏在土里’这两句话若改为‘冬笋是生长在土里’，较为简明。兹将冬笋生长过程略述于后。我们常吃的冬笋为孟宗竹笋（台湾建屋搭鹰架用竹），是笋中较好吃的一种，隔年秋初，从地下茎上发芽，慢慢生长，至冬天已可挖吃。竹的地下茎，在土中深浅不一，离地面约十公分所生竹笋，其尖（芽）端已露出土壤，笋箨呈青绿。离地表面约尺许所生竹笋，冬天尚未露出土表，观土面隆起，布有新细缝者，即为竹笋所在。用锄挖出，笋箨淡黄。若离地面一尺以下所生竹笋，地面表无迹象，殊难找着。要是掘笋老手，观竹枝开展，则知地下茎方向，亦可挖到竹笋。至春暖花开，雨水充足，深土中竹笋迅速伸出地面，即称春笋。实际冬笋、春笋原为一物，只是出土有先后，季节不同。所有竹笋未出地面都较好吃，非独孟宗竹为然。”附此致谢。

溜黄菜

黄菜指鸡蛋。北平人常避免说蛋字，因为它不雅，我也不知为什么不雅。“木樨”“芙蓉”“鸡子儿”都是代用词。更进一步“鸡”字也忌讳，往往称为“牲口”。

溜黄菜不是炒鸡蛋。北方馆子常用为一道外敬的菜。就如同“三不粘”“炸元宵”之类，作为是奉赠性质。天津馆子最爱外敬，往往客人点四五道菜，馆子就外敬三四道，这样离谱的外敬，虽说不是什么贵重的菜色，也使顾客觉得不安。

溜黄菜是用猪油做的，要把鸡蛋黄制成糊状，故曰“溜”。蛋黄糊里加荸荠丁，表面撒一些清酱肉或火腿屑，用调羹舀来吃，色、香、味俱佳。家里有时宴客，如果做什么芙蓉干贝之类，专用蛋白，蛋黄留着无用，这时候就可以考虑做一盆溜黄菜了。馆子里之所以常外敬溜黄菜，可能也是剩余的蛋黄无处打发，落得外敬做人情了。

我家里试做好几次溜黄菜都失败了，炒出来是一块块的，不成糊状。后来请教一位亲戚，承她指点，方得诀窍。原来蛋黄打过加水，还要再加芡粉（多加则稠少加则稀），入旺油锅中翻搅之即成。凡事皆有一定的程序、材料，不是暗中摸索所能轻易成功的。

自从试作成功，便常利用剩余的蛋黄炮制。直到有一天我胆结石症发，入院照X光，医嘱先吞鸡蛋黄一枚，我才知道鸡蛋黄有什么作用。原来蛋黄几乎全是脂肪，生吞下去之后胆囊受到刺激，立刻大量放出胆汁，这时候给胆囊照相便照得最清楚。此后我是无胆之人，见了溜黄菜便敬而远之，由有胆的人去享受了。

请客

常听人说："若要一天不得安，请客；若要一年不得安，盖房；若要一辈子不得安，娶姨太太。"请客只有一天不得安，为害不算太大，所以人人都觉得不妨偶一为之。

所谓请客，是指自己家里邀集朋友便餐小酌，至于在酒楼饭店"铺筵席，陈樽俎"，呼朋引类，飞觞醉月，享用的是金樽清酒，玉盘珍馐，最后一哄而散，由经手人员造账报销，那种宴会只能算是一种病狂或是罪孽，不提也罢。

妇主中馈，所以要请客必须先归而谋诸妇。这一谋，有分教，非十天半月不能获致结论，因为问题牵涉太广，不能一言而决。

首先要考虑的是请什么人。主客当然早已内定，陪客的甄选大费酌量。眼睛生在眉毛上边的宦场中人，吃不饱饿不死的教书匠，一身铜臭的大腹贾，小头锐面的浮华少年……若是聚在一个桌上吃饭，便有些像是鸡兔同笼，非常勉强。把素未谋面的人拘在一起，要他们有说有笑，同时食物都能顺利地从咽门下去，也未免强人所难。主人从中调处，殷勤了这一位，怠慢了那一位，想找一些大家都有兴趣的话题亦非易事。所以客人需要分类，不能鱼龙混杂。客的数目视设备而定，若是能把所有该请的客人一网打尽，自然是经济算盘，但是算盘亦不可打得太精。再大的圆桌面也不过能坐十三四个体态中型的人。说来奇怪，客人单身者少，大概都有宝眷，一请就是一对，一桌只好当半桌用。有人请客广发笺帖，心想总有几位心领谢谢，万想不到人人惠然肯来，而且还有一位特别要好带来一个七八岁的小宝宝！主人慌忙添座，客人谦让："孩子坐我腿上！"大家挤挤攘攘，其中还不乏中年发福之士，把圆桌围得密不透风，上菜需飞越人头，斟酒要从耳边下注，前排客满，主人在二排敬陪。

拟菜单也不简单。任何家庭都有它的招牌菜，可惜很少人肯用其所长，大概是以平素见过的饭馆酒席的局面作为蓝图。家里有厨师厨娘，自然一声吩咐，不再劳心，否则主妇势必亲自下厨操动刀俎。主人多半是擅长理论，真让他切葱剥蒜都未必能够胜任。所以拟定菜单，需要自知之明，临时"钻锅"翻看食谱未必有济于事。四冷荤，四热炒，四压桌，外加两道点心，似乎是无可再减，大鱼大肉，水陆杂陈，若不能使客人连串地打饱嗝，不能算是尽兴。菜单拟定的原则是把客人一个个地填得嘴角冒油。而客人所希冀的也往往是一场牙祭。有人以水饺宴客，馅子是猪肉菠菜，客人咬了一口，大叫："哟，里面怎么净是青菜！"一般人还是欣赏肥肉厚酒，管它是不是烂肠之食！

宴客的吉日近了，主妇忙着上菜市，挑挑拣拣，拣拣挑挑，又要物美又要价廉，装满两个篮子，半途休憩好几次才能气喘汗流地回到家。泡的，洗的，剥的，切的，闹哄一两天，然后丑媳妇怕见公婆也不行，吉日到了。客人早已折简相邀，难道还会不肯枉驾？不，守时不是我们的传统。准时到达，岂不像是"头如穹庐、咽细如针"的饿鬼？要让主人干着急，等他一催请再催请，然后徐徐命驾，姗姗来迟，这才像是大家风范。当然朋友也有特别性急而提早莅临的，那也使得主人措手不及，慌成一团。客人的性格不一样，有人进门就选一个比较最好的座位，两脚高架案上，真是宾至如归；也有人寒暄两句就一头扎进厨房，声称要给主妇帮忙，系着围裙伸着两只油手的主妇连忙谦谢不迭。等到客人到齐，无不饥肠辘辘。

落座之前还少不了你推我让的一幕。主人指定座位，时常无效，除非事先摆好名牌，而且写上官衔，分层排列，秩序井然。敬酒按说是主人的责任，但是也时常有热心人士代为执壶，而且见杯即斟，每斟必满。不知是什么时候什么人兴出来的陋习，几乎每个客人都会双手举杯齐眉，对着在座的每一位客人敬酒，一霎间敬完一圈，但见杯起杯落，如"兔爷儿捣碓"。不喝酒的也要把汽水杯子高高举起，虚应故事，喝酒的也多半是拧眉皱眼地抿那么一小口。一大盘热乎乎的东西端上来了，像翅羹，又像糨糊，一人一勺子，盘底花纹隐约可见，上面撒着的一层芫荽不知被哪一位像芟除毒草似的拨到了盘下，又不知被哪一位从盘下夹到嘴里吃了。还有人坚持海味非蘸醋不可，高呼要醋，等到一碟“忌讳”（醋）送上台面，海味早已不见了。菜是一道道地上，上一道客人喊一次“太丰富，太丰富”，然后埋头大嚼，不敢后人。主人照例谦称：“不成敬意，家常便饭。”心直口快的客人就许提出疑问：“这样的家常便饭，怕不要吃穷了？”主人也只好吓唏一笑而罢。将近尾声的时候，大概总有一位要先走一步，因为还有好几处应酬。这时主妇踱了进来，红头涨脸，额角上还有几颗没揩干净的汗珠，客人举起空杯向她表示慰劳之意，她坐下胡乱吃一些残羹冷炙。

席终，香茗、水果伺候，客人靠在椅子上剔牙，这时节应该是客去主人安了。但是不，大家雅兴不浅，谈锋尚健，饭后磕牙，海阔天空，谁也不愿首先言辞，致败人意。最后大概是主人打了一个哈欠而忘了掩口，这才有人提议散会。天下无不散之筵席，奈何奈何？不要以为席终人散，立即功德园满，地上有无数的瓜子皮，纸烟灰，桌上杯碟狼籍，厨房里有堆成山的盘、碗、锅、勺，等着你办理善后！

吃相

一位外国朋友告诉我，他旅游西南某地的时候，偶于餐馆进食，忽闻壁板砰砰作响，其声清脆，密集如连珠炮，向人打听才知道是邻座食客正在大啖其糖醋排骨。这一道菜是这餐馆的拿手菜，顾客欣赏这个美味之余，顺嘴把骨头往旁边喷吐，你也吐，我也吐，所以把壁板打得叮叮当当响。不但顾客为之快意，店主人听了也觉得脸上光彩，认为这是大家为他捧场。这位外国朋友问我这是不是国内各地普遍的风俗，我告诉他我走过十几省还不曾遇见过这样的场面，而且当场若无壁板设备，或是顾客嘴部筋肉不够发达，此种盛况即不易发生。可是我心中暗想，天下之大，无奇不有，这样的事恐怕亦不无发生的可能。

《礼记》有“毋啮骨”之诫，大概包括啃骨头的举动在内。糖醋排骨的肉与骨是比较容易脱离的，大块的骨头上所连带着的肉若是用牙齿咬断下来，那龇牙咧嘴的样子便觉不大雅观。所以“割不正不食”“席不正不食”都是对于在桌面上进膳的人而言，啮骨应该是桌底下另外一种动物所做的事。不要以为我们一部分人把排骨吐得噼啪响便断定我们的吃相不佳。各地有各地的风俗习惯。世界上至今还有不少地方是用手抓食的。听说他们是用右手取食，左手则专供做另一种肮脏的事，不可混用，可见也还注重清洁。我不知道像咖喱鸡饭一类黏糊糊的东西如何用手指往嘴里送。用手取食，原是古已有之的老法。罗马皇帝尼禄大宴群臣，他从一只硕大无比的烤鹅身上扯下一条大腿，手举着鼓槌，歪着脖子啃而食之，那副贪婪无厌的饕餮相我们可于想象中得之。罗马的光荣不过尔尔，等而下之不必论了。欧洲中古时代，餐桌上的刀叉是奢侈品，从十一世纪到十五世纪不曾被普遍使用，有些人自备刀叉随身携带，这种作风一直延至十八世纪还偶尔可见，据说在酷嗜通心粉的国度里，市廛道旁随处都有贩卖通心粉的摊子，食客都是伸出右手像是五股钢叉一般把粉条一卷就送到口里，干净利落。

不要耻笑西方风俗鄙陋，我们泱泱大国自古以来也是双手万能。《礼记》:“共饭不泽手。”吕氏注曰 :“不泽手者，古之饭者以手，与人共饭，摩手而有汗泽，人将恶之而难言。”饭前把手洗洗揩揩也就是了。樊哙把一块生猪肘子放在铁盾上拔剑而啖之，那是鸿门宴上的精彩节目，可是那个吃相也就很可观了。我们不愿意在餐桌上挥刀舞叉，我们的吃饭工具主要的是筷子，筷子即箸，古称“饭𧶽”。细细的两根竹筷，搦在手上，运动自如，能戳、能夹、能撮、能扒、神乎其技。不过我们至今也还有用手进食的地方，像从兰州到新疆，“抓饭”“抓肉”都是很驰名的。我们即使运用筷子，也不能不有相当的约束，若是频频夹取如金鸡乱点头，或挑肥拣瘦地在盘碗里翻翻弄弄如拨草寻蛇，就不雅观。

餐桌礼仪，中西都有一套。外国的餐前祈祷，兰姆的描写可谓淋漓尽致。家长在那里低头闭眼口中念念有词，孩子们很少不在那里做鬼脸的。我们幸而极少宗教观念，小时候不敢在碗里留下饭粒，是怕长大了娶麻子媳妇，不敢把饭粒落在地上，是怕天打雷劈。喝汤而不准吮吸出声是外国规矩，我想这规矩不算太苛，因为外国的汤盆很浅，好像都是狐狸请鹭鸶吃饭时所使用的器皿，一盆汤端到桌上不可能是烫嘴热的，慢一点灌进嘴里去就可以不至于出声。若是喝一口我们的所谓“天下第一菜”口蘑锅巴汤而不出一点声音，岂不强人所难？从前我在北方家居，邻户是一个治安机关，隔着一堵墙，墙那边经常有几十口子在院子里进膳，我可以清晰地听到“呼噜，呼噜，呼——噜”的声响，然后是“咔嚓”一声。他们是在吃炸酱面，于猛吸面条之后咬一口生蒜瓣。

餐桌的礼仪要重视，不要太重视。外国人吃饭不但要席正，而且挺直腰板，把食物送到嘴边。我们“食不厌精，脍不厌细”，要维持那种姿式便不容易。我见过一位女士，她的嘴并不比一般人小多少，但是她喝汤的时候真能把上下唇撮成一颗樱桃那样大，然后以匙尖触到口边徐徐吮饮之。这和把整个调羹送到嘴里面去的人比较起来，又近于矫枉过正了。人生贵适意，在环境许可的时候是不妨稍为放肆一点。吃饭而能充分享受，没有什么太多礼法的约束，细嚼慢咽，或风卷残云，均无不可，吃的时候怡然自得，吃完之后抹抹嘴鼓腹而游，像这样的乐事并不常见。我看见过一次真正痛快淋漓的吃，印象至今犹新。一次在北京的“灶温”，那是一爿地道的北京小吃馆。棉帘起处，进来了一位赶车的，辫子盘在额上，大摇大摆，手里托着菜叶裹着的生猪肉一块，提着一根马兰系着的一撮韭黄，把食物往柜台上一拍：“掌柜的，烙一斤饼！再来一碗炖肉！”等一下，肉丝炒韭黄端上来了，两张家常饼一碗炖肉也端上来了。他把菜肴分为两份，一份倒在一张饼上，把饼一卷，比拳头要粗，两手扶着矗立在盘子上，张开血盆巨口，左一口，右一口，中间一口！不大的功夫，一张饼下肚，又一张也不见了，直吃得他青筋暴露、满脸大汗，挺起腰身连打两个大饱嗝。上面这个景象，我久久不能忘，他们都是自食其力的人，心里坦荡荡的，饿来吃饭，取其充腹，管什么吃相！

馋

馋，在英文里找不到一个十分适当的字。罗马暴君尼禄，以至于英国的亨利八世，在大宴群臣的时候，常见其撕下一根根又粗又壮的鸡腿，举起来大嚼，旁若无人，好一副饕餮相！但那不是馋。埃及废王法鲁克，据说每天早餐一口气吃二十个荷包蛋，也不是馋，只是放肆，只是没有吃相。对有某一种食物有所偏好，于是大量地吃，这是贪得无厌。馋，则着重在食物的质，最需要满足的是品位。上天生人，在他嘴里安放一条舌，舌上还有无数的味蕾，教人焉得不馋？馋，基于生理的要求；也可以发展成为近于艺术的趣味。

也许我们中国人特别馋一些。“馋”字从食，毚声。“毚”音“馋”，本义是狡兔，善于奔走，人为了口腹之欲，不惜多方奔走一膏馋吻，所谓“为了一张嘴，跑断两条腿”。真正的馋人，为了吃，绝不懒。我有一位亲戚，属汉军旗，又穷又馋。一日傍晚，大风雪，老头子缩头缩脑偎着小煤炉子取暖。他的儿子下班回家，顺路市得四只鸭梨，以一只奉其父，父得梨，大喜，当即啃了半只，随后就披衣戴帽，拿着一只小碗，冲出门外，在风雪交加中不见了人影。他的儿子只听得大门哐啷一声响，追已无及。约一小时，老头子托着小碗回来了，原来他是要吃榅桲拌梨丝！从前酒席，一上来就是四干、四鲜、四蜜饯，榅桲、鸭梨是现成的，饭后一盘榅桲拌梨丝别有风味（没有鸭梨的时候白菜心也能代替）。这老头子吃剩半个梨，突然想起此味，乃不惜于风雪之中奔走一小时。这就是馋。

人之最馋的时候是在想吃一样东西而又不可得的那一段期间。希腊神话中之谭塔勒斯，水深及颌而不得饮，果实当前而不得食，饿火中烧，痛苦万状，他的感觉不是馋，是求生不成求死不得。馋没有这样的严重。人之犯馋，是在饱暖之余，眼看着、回想起或是谈论到某一美味，喉头像是有馋虫搔抓作痒，只好干咽唾沫。一旦得遂所愿，恣情享受，浑身通泰。抗战七八年，我在后方，真想吃故都的食物，人就是这个样子。对于家乡风味总是念念不忘，其实“千里莼羹，末下盐豉”也不见得像传说的那样迷人。我曾痴想北平羊头肉的风味，想了七八年；胜利还乡之后，一个冬夜，听得深巷卖羊头肉小贩的吆喝声，立即从被窝里爬出来，把小贩唤进门洞，我坐在懒凳上看着他于暗淡的油灯照明之下，抽出一把雪亮的薄刀，横着刀刃片羊脸子，片得飞薄，然后取出一只蒙着纱布的羊角，撒上一些椒盐。我托着一盘羊头肉，重新钻进被窝，在枕上一片一片地把羊头肉放进嘴里，不知不觉地进入了睡乡，十分满足地解了馋瘾。但是，老实讲，滋味虽好，总不及在痴想时所想象的香。我小时候，早晨跟我哥哥步行到大鹁鸽市陶氏学堂上学，校门口有个小吃摊贩，切下一片片的东西放在碟子上，洒上红糖汁、玫瑰木樨，淡紫色，样子实在令人馋涎欲滴。走近看，知道是糯米藕。一问价钱，要四个铜板，而我们早点费每天只有两个铜板。我们当下决定，饿一天，明天就可以一尝异味。所付代价太大，所以也不能常吃。糯米藕一直在我心中留下了不可磨灭的印象。后来成家立业，想吃糯米藕不费吹灰之力，餐馆里有时也有供应，不过浅尝辄止，不复有当年之馋。

馋与阶级无关。豪富人家，日食万钱，犹云无下箸处，是因为他这种所谓饮食之人放纵过度，连馋的本能和机会都被剥夺了，他不是馋，也不是太馋，他麻木了，所以他就要千方百计地在食物方面寻求新的材料、新的刺激。我有一位朋友，湖南桂东县人，他那偏僻小县却因乳猪而著名，他告我说每年某巨公派人前去采购乳猪，搭飞机运走，充实他的郇厨。烤乳猪，何地无之？何必远求？我还记得有人做寿筵，客有专诚献“烤方”者，选尺余见方的细皮嫩肉的猪臀一整块，用铁钩挂在架上，以炭火燔炙，时而武火，时而文火，烤数小时而皮焦肉熟。上桌时，先是一盘脆皮，随后是大薄片的白肉，其味绝美，与广东的烤猪或北平的炉肉风味不同，使得一桌的珍馐相形见绌。可见天下之口有同嗜，普通的一块上好的猪肉，苟处理得法，即快朵颐。像《世说新语》所谓，王武子家的烝豚，乃是以人乳喂养的，实在觉得多此一举，怪不得魏武未终席而去，人是肉食动物，不必等到“七十者可以食肉矣”，平素有一些肉类佐餐，也就可以满足了。

北平人馋，可是也没听说与谁真个馋死，或是为了馋而倾家荡产。大抵好吃的东西都有个季节，逢时按节地享受一番，会因自然调节而不逾矩。开春吃春饼，随后黄花鱼上市，紧接着大头鱼也来了。恰巧这时候后院花椒树发芽，正好掐下来烹鱼。鱼季过后，青蛤当令。紫藤花开，吃藤萝饼，玫瑰花开，吃玫瑰饼；还有枣泥大花糕。到了夏季，“老鸡头才上河哟”，紧接着是菱角、莲蓬、藕、豌豆糕、驴打滚、艾窝窝，一起出现。席上常见水晶肘，坊间唱卖烧羊肉，这时候嫩黄瓜、新蒜头应时而至。秋风一起，先闻到糖炒栗子的气味，然后就是馋烤涮羊肉，还有七尖八团的大螃蟹。“老婆老婆你别馋，过了腊八就是年。”过年前后，食物的丰盛就更不必细说了。一年四季地馋，周而复始地吃。

馋非罪，反而是胃口好、健康的现象，比食而不知其味要好得多。

北平的零食小贩

北平人馋。馋，据字典说是“贪食也”，其实不只是贪食，是贪食各种美味之食。美味当前，固然馋涎欲滴，即使闲来无事，馋虫亦在咽喉中抓挠，迫切地需要一点什么以膏馋吻。三餐时固然希望膏粱罗列，任我下箸，三餐以外的时间也一样地想馋嚼，以锻炼其咀嚼筋。看鹭鸶的长颈都有一点羡慕，因为颈长可能享受更多的徐徐下咽之感，此谓之馋，“馋”字在外国语中无适当的字可以代替，所以讲到馋，真“不足为外人道”。有人说北平人之所以特别馋，是由于当年的八旗弟子游手好闲的太多，闲就要生事，在吃上打主意自然也是可以理解的。所以各式各样的零食小贩便应运而生，自晨至夜逡巡于大街小巷之中。

北平小贩的吆喝声是很特殊的。我不知道这与评剧有无关系，其抑扬顿挫，变化颇多，有的豪放如唱大花脸，有的沉闷如黑头，又有的清脆如生旦，在白昼给浩浩欲沸的市声平添不少情趣，在夜晚又给寂静的夜带来一些凄凉。细听小贩的呼声，则有直譬，有隐喻，有时竟像谜语一般耐人寻味。而且他们的吆喝声，数十年如一日，不曾有过改变。我如今闭目沉思，北平零食小贩的呼声俨然在耳，一个个的如在目前。现在让我就记忆所及，细细数说。

首先让我提起“豆汁”。绿豆渣发酵后煮成稀汤，是为豆汁，淡草绿色而又微黄，味酸而又带一点霉味，稠稠的，浑浑的，热热的。佐以辣咸菜，即“棺材板”切细丝，加芹菜梗，辣椒丝或末。有时亦备较高级之酱菜如酱萝卜、酱黄瓜之类，反而不如辣咸菜之可口，午后啜三两碗，愈吃愈辣，愈辣愈喝，愈喝愈热，终至大汗淋漓，舌尖麻木而止。北平城里人没有不嗜豆汁者，但一出城则豆渣只有喂猪的份，乡下人没有喝豆汁的。外省人居住北平二三十年往往不能养成喝豆汁的习惯。能喝豆汁的人才算是真正的北平人。

其次是“灌肠”。后门桥头那一家的大灌肠，是真的猪肠做的，遐迩驰名，但嫌油腻。小贩的灌肠虽有肠之名实则并非是肠，仅具肠形，一条条的以芡粉为主所做成的橛子，切成不规则形的小片，放在平底大油锅上煎炸，炸得焦焦的，蘸蒜盐汁吃。据说那油不是普通油，是从作坊里从马肉等熬出来的油，所以有这一种怪味。单闻那种油味，能把人恶心死，但炸出来的灌肠，喷香！

从下午起有沿街叫卖“面筋哟！”者，你喊他时须喊“卖熏鱼儿的！”，他来到你们门口打开他的背盒由你拣选时却主要的是猪头肉。除猪头肉的脸子、只皮、口条之外还有脑子、肝、肠、苦肠、心头、蹄筋等，外带着别有风味的干硬的火烧。刀口上手艺非凡，从夹板缝里抽出一把飞薄的刀，横着削切，把猪头肉切得薄如纸，塞在那火烧里食之，熏味扑鼻！这种卤味好像不能登大雅之堂，但是在煨煮熏制中有特殊的风味，离开北平便尝不到。

也有推着车子卖“烧羊脖子烧羊肉”的。烧羊肉是经过煮和炸两道手续的，除肉之外还有肚子和卤汤。在夏天佐以黄瓜、大蒜是最好的下面之物。推车卖的不及街上羊肉铺所发售的，但慰情聊胜于无。

北平的“豆腐脑”，异于川湘的豆花，是哆里哆嗦的软嫩豆腐，上面浇一勺卤，再加蒜泥。

“老豆腐”另是一种东西，是把豆腐煮出了蜂窠，加芝麻酱、韭菜末、辣椒等佐料，热乎乎的连吃带喝亦颇有味。

北平人做的“烫面饺”不算一回事，真是举重若轻、叱咤立办，你喊三十个饺子，不大的工夫就给你端上来了，一个个包得细长齐整又俊又俏。

斜尖的炸豆腐，在花椒盐水里煮得泡泡的，有时再羼进几个粉丝做的炸丸子，放进一点辣椒酱，也算是一味很普通的零食。

馄饨何处无之？北平挑担卖馄饨的却有他的特点，馄饨本身没有什么异样，由筷子头拨一点肉馅往三角皮子上一抹就是一个馄饨，特殊的是那一锅肉骨头熬的汤别有滋味，谁家也不会把那么多的烂骨头煮那么久。

一清早卖点心的很多，最普通的是烧饼、油鬼。北平的烧饼主要的有四种，芝麻酱烧饼、螺丝转、马蹄、驴蹄，各有千秋。芝麻酱烧饼，外省仿造者都不像样，不是太薄就是太厚，不是太大就是太小，总是不够标准。螺丝转儿最好是和“甜浆粥”一起用，要夹小圆圈油鬼。马蹄儿只有薄薄的两层皮，宜加圆饱的甜油鬼。驴蹄儿又小又厚，不要油鬼做伴。北平油鬼，不叫油条，因为根本不做长条状，主要的只有两种，四个圆泡连在一起的是甜油鬼，小圆圈的油鬼是咸的，炸得特焦，夹在烧饼里一按咔喳一声。离开北平的人没有不想念那种油鬼的。外省的油条，虚泡囊肿，不够味，要求炸焦一点也不行。

“面茶”在别处没见过。真正的一锅糨糊，炒面熬的，盛在碗里之后，在上面用筷子蘸着芝麻酱撒满一层，唯恐撒得太多似的。味道好吗？至少是很怪。

卖“三角馒头”的永远是山东老乡。打开蒸笼布，热腾腾的各样蒸食，如糖三角、混糖馒头、豆沙包、蒸饼、红枣蒸饼、高庄馒头，听你拣选。

“杏仁茶”是北平的好，因为杏仁出在北方，提味的是那少数几颗苦杏仁。

豆类做出的吃食可多了，首先要提“豌豆糕”。小孩子一听打糖锣的声音很少有不怦然心动的。卖豌豆糕的人有一把手艺，他会把一块豌豆泥捏成各式各样的东西，他可以听你的吩咐捏一把茶壶，壶盖、壶把、壶嘴俱全，中间灌上黑糖水，还可以一杯一杯地往外倒。规模大一点的是荷花盆，真有花有叶，盆里灌黑糖水。最简单的是用模型翻制小饼，用芝麻做馅。后来还有“仿膳”的伙计出来做这一行生意，善用豌豆泥制各式各样的点心，大八件、小八件，什么卷酥、喇嘛糕、枣泥饼、花糕，五颜六色，应有尽有，惟妙惟肖。

“豌豆黄”之下街卖者是粗的一种，制时未去皮，加红枣，切成三尖形矗立在案板上。实际上比铺子卖的较细的放在纸盒里的那种要有味得多。

“热芸豆”有红白两种，普通的吃法是用一块布挤成一个豆饼，可甜可咸。

“烂蚕豆”是俟蚕豆发芽后加五香大料煮成，烂到一挤即出。

“铁蚕豆”是把蚕豆炒熟，其干硬似铁。牙齿不牢者不敢轻试，但亦有酥皮者，较易嚼。

夏季雨后照例有小孩提着竹篮赤足蹚水而高呼“干香豌豆”，咸滋滋的也很好吃。

“豆腐丝”，粗糙如豆腐渣，但有人拌葱卷饼而食之。

“豆渣糕”是芸豆泥做的，作圆球形，蒸食，售者以竹筷插之，一插即是两颗，加糖及黑糖水食之。

“甑儿糕”，是米面填木碗中蒸之，嗞嗞作响，顷刻而熟。

“江米藕”是老藕孔中填糯米，煮熟切片加糖而食之。挑子周围经常环绕着馋涎欲滴的小孩子。

北平的“酪”是一项特产，用牛奶凝冻而成，夏日用冰镇，凉香可口，讲究一点的酪在酪铺发售，沿街贩卖者亦不恶。

“白薯”（南人所谓红薯），有三种吃法，初秋街上喊“栗子味儿的！”者是干煮白薯，细细小小的一根根地放在车上卖。稍后喊“锅底儿热和！”者为带汁的煮白薯，块头较大，亦较甜。此外是烤白薯。

“老玉米”（玉蜀黍）初上市时也有煮熟了在街上卖的。对于城市中人这也是一种新鲜滋味。

沿街卖的“粽子”，包得又小又俏，有加枣的，有不加枣的，摆在盘子里齐整可爱。

北平没有汤圆，只有“元宵”，到了元宵季节街上有叫卖煮元宵的。袁世凯称帝时，曾一度禁称元宵，因与“袁消”二字音同，改称汤圆，可嗤也。

糯米团子加豆沙馅，名曰“艾窝”或“艾窝窝”。

黄米面做的“切糕”，有加红豆的，有加红枣的，卖时切成斜块，插以竹签。

菱角是小的好，所以北平小贩卖的是小菱角，有生有熟，用剪去刺，当中剪开。很少卖大的红菱者。

“老鸡头”即芡实。生者为刺囊状，内含芡实数十颗；熟者则为圆硬粒，须敲碎食其核仁。

供儿童以糖果的，从前是“打糖锣的”，后又有卖“梨糕”的，此外如“吹糖人的”，卖“糖杂面的”，都经常徘徊于街头巷尾。

“爬糕”“凉粉”都是夏季平民食物，又酸又辣。

“驴肉”，听起来怪骇人的，其实切成大片瘦肉，也很好吃。是否有骆驼肉、马肉混在其中，我不敢说。

担着大铜茶壶满街跑的是卖“茶汤”的，用开水一冲，即可调成一碗茶汤，和铺子里的八宝茶汤或牛髓茶固不能比，但亦颇有味。

“油炸花生仁”是用马油炸的，特别酥脆。

北平“酸梅汤”之所以特别好，是因为使用冰糖，并加以玫瑰、木樨、桂花之类。信远斋最合标准，沿街叫卖的便徒有其名了，而且加上天然冰亦颇有碍卫生。卖酸梅汤的普通兼带“玻璃粉”及小瓶用玻璃球做盖的汽水。“果子干”也是重要的一项副业，用杏干、柿饼、鲜藕煮成。“玫瑰枣”也很好吃。

冬天卖“糖葫芦”，裹麦芽糖或糖稀的不太好，蘸冰糖的才好吃。各种原料皆可制糖葫芦，唯以“山里红”为正宗。其他如海棠、山药、山药豆、杏干、核桃、荸荠、橘子、葡萄、金橘等均佳。

北地苦寒，冬夜特别寂静，令人难忘的是那卖“水萝卜”的声音，“萝卜——赛梨——辣了换！”那红绿萝卜，多汁而甘脆，切得又好，对于北方煨在火炉旁边的人特别有沁人心脾胃之效。这等萝卜，别处没有。

有一种内空而瘪小的花生，大概是拣选出来的不够标准的花生，炒焦了之后，其味特香，远在白胖的花生之上，名曰“抓空儿”，亦冬夜的一种点缀。

夜深时往往听到沉闷而迟缓的“硬面饽饽”声，有光头、凸盖、镯子等，亦可充饥。

水果类则四季不绝地应世，诸如，三白的大西瓜、蛤蟆酥、羊角蜜、老头儿乐、鸭儿梨、小白梨、肖梨、糖梨、烂酸梨、沙果、苹果、虎拉车、杏、桃、李、山里红、柿子、黑枣、嘎嘎枣、老虎眼大酸枣、荸荠、海棠、葡萄、莲蓬、藕、樱桃、桑葚、槟子……不可胜举，都在沿门求售。

以上约略举说，只就记忆所及，挂漏必多。而且数十年来，北平也正在变动，有些小贩由式微而没落，也有些新的应运而生，比我长一辈的人所见所闻可能比我要丰富些，比我年轻的人可能遇到一些较新鲜而失去北平特色的事物。总而言之，北平是在向新颖而庸俗方面变，在零食小贩上即可窥见一斑。如今呢，胡尘涨宇，面目全非，这些小贩，还能保存一二与否，恐怕在不可知之数了。但愿我的回忆不是永远地成为回忆！

第二辑 / 红尘世相

我一向不信孩子是未来世界的主人翁，因为我亲见孩子到处在做现在的主人翁。

女人

有人说女人喜欢说谎。假如女人所捏撰的故事都能抽取版税，便很容易致富。这问题在什么叫作说谎。若是运用小小的机智，打破眼前小小的窘僵，获取精神上小小的胜利，因而牺牲一点点真理，这也可以算是说谎，那么，女人确是比较的富于说谎的天才。有具体的例证。你没有陪过女人买东西吗？尤其是买衣料，她从不干干脆脆地说要做什么衣，要买什么料，准备出多少钱。她必定要东挑西拣，翻天覆地，同时口中念念有词，不是嫌这匹料子太薄，就是怪那匹料子花样太旧，这个不禁洗，那个不禁晒，这个缩头大，那个门面窄，批评得人家一文不值。其实，满不是这么一回事，她只是嫌价码太贵而已！如果价钱便宜，其他的缺点全都不成问题，而且本来不要买的也要购储起来。一个女人若是因为炭贵而不生炭盆，她必定对人解释说："冬天生炭盆最不卫生，到春天容易喉咙痛！"屋顶渗漏，塌下盆大的灰泥，在未修补之前，女人便会向人这样解释："我预备在这地方安装电灯。"自己上街买菜的女人，常常只承认散步和呼吸新鲜空气是她上市的唯一理由。艳羡汽车的女人常常表示她最厌恶汽油的臭味。坐在中排看戏的女人常常说前排的头等座位最不舒适。一个女人馈赠别人，必说："实在买不到什么好的……"其实这东西根本不是她买的，是别人送给她的。一个女人表示愿意陪你去上街走走，其实是她顺便要买东西。总之，女人总欢喜拐弯抹角的，放一个小小的烟幕，无伤大雅，颇占体面。这也是艺术，王尔德不是说过"艺术即是说谎"吗？这些例证还只是一些并无版权的谎话而已。

女人善变，多少总有些哈姆雷特式，拿不定主意；问题大者如离婚结婚，问题小者如换衣换鞋，都往往在心中经过一读二读三读，决议之后再复议，复议之后再否决。女人决定一件事之后，还能随时做一百八十度的大转弯，做出那与决定完全相反的事，使人无法追随。因为变得急速，所以容易给人以"脆弱"的印象。莎士比亚有一名句："'脆弱'呀，你的名字叫作'女人'！"但这脆弱，并不永远使女人吃亏。越是柔韧的东西越不易摧折。女人不仅在决断上善变，即便是一个小小的别针位置也常变，午前在领扣上，午后也许移到了头发上。三张沙发，能摆出若干阵势，几根头发，能梳出无数花头。讲到服装，其变化之多，常达到荒谬的程度。外国女人的帽子，可以是一根鸡毛，可以是半只铁锅，或是一个畚箕。中国女人的袍子，变化也就够多，领子高的时候可以使她像一只长颈鹿，袖子短的时候恨不得使两腋生风，至于钮扣盘花，滚边镶绣，则更加是变幻莫测。“上帝给她一张脸，她能另造一张出来。”“女人是水做的”，是活水，不是止水。

女人善哭。从一方面看，哭常是女人的武器，很少人能抵抗她这泪的洗礼。俗语说“一哭二闹三上吊”，这一哭确实其势难挡。但从另一方面看，哭也常是女人的内心的“安全瓣”。女人的忍耐的力量是伟大的，她为了男人，为了小孩，能忍受难堪的委曲。女人对于自己的享受方面，总是属于“斯多亚派”的居多。男人不在家时，她能立刻变成为素食主义者，火炉里能爬出老鼠，开电灯怕费电，再关上又怕费开关。平素既已极端刻苦，一旦精神上再受刺激，便忍无可忍，一腔悲怨天然地化作一把把的鼻涕眼泪，从“安全瓣”中汩汩而出，腾出空虚的心房，再来接受更多的委屈。女人很少破口骂人（骂街便成泼妇，其实甚少），很少揎袖挥拳，但泪腺就比较发达。善哭的也就常常善笑，眯眯地笑，哧哧地笑，咯咯地笑，哈哈地笑，笑是常驻在女人脸上的，这笑脸常常成为最有效的护照。女人最像小孩，她能为了一个滑稽的姿态而笑得前仰后合，肚皮痛，淌眼泪，以至于翻筋斗！哀与乐都像是常川有备，一触即发。

女人的嘴，大概是用在说话方面的时候多。女孩子从小就往往口齿伶俐，就是学外国语也容易朗朗上口，不像嘴里含着一个大舌头。等到长大之后，三五成群，说长道短，声音脆，嗓门高，如蝉噪，如蛙鸣，真当得好几部鼓吹！等到年事再长，万一堕入“长舌”型，则东家长，西家短，飞短流长，搬弄多少是非，惹出无数口舌；万一堕入“喷壶嘴”

型，则琐碎繁杂，絮聒唠叨，一件事要说多少回，一句话要说多少遍，如喷壶下注，万流齐发，挡者披靡，不可向迩！一个人给他的妻子买一件皮大衣，朋友问他："你是为使她舒适吗？" 那人回答说："不是，为使她少说些话！"

女人胆小，看见一只老鼠而当场昏厥，在外国不算是奇闻。中国女人胆小不至如此，但是一声霹雷使得她拉紧两个老妈子的手而仍战栗不止，倒是确有其事。这并不是做作，并不是故意在男人面前作态，使他有机会挺起胸脯说："不要怕，有我在！" 她是真怕。在黑暗中或荒僻处，没有人，她怕；万一有人，她更怕！屠牛宰羊，固然不是女人的事，杀鸡宰鱼，也不是不费手脚。胆小的缘故，大概主要的是体力不济。女人的体温似乎较低一些，有许多女人怕发胖而食无求饱，营养不足，再加上怕臃肿而衣裳单薄，到冬天瑟瑟打战，袜薄如蝉翼，把小腿冻得作"浆米藕"色，两只脚放在被里一夜也暖不过来，双手捧热水袋，从八月捧起，捧到明年五月，还不忍释手。抵抗饥寒之不暇，焉能望其胆大。

女人的聪明，有许多不可及处，一根棉线，一下子就能穿入针孔，然后一下子就能在线的尽头处打上一个结子，然后扯直了线在牙齿上砰砰两声，针尖在头发上擦抹两下，便能开始解决许多在人生中并不算小的苦恼，例如缝上衬衣的扣子，补上袜子的破洞之类。至于几根篾棍，一上一下的编出多少样物事，更是令人叫绝。有学问的女人，创辟"沙龙"，对任何问题能继续谈论至半小时以上，不但不令人入睡，而且令人疑心她是内行。

男人

男人令人首先感到的印象是脏！当然，男人当中亦不乏刷洗干净洁身自好的，甚至还有油头粉面衣裳楚楚的，但大体讲来，男人消耗肥皂和水的数量要比较少些。某一男校，对于学生洗澡是强迫的，入浴签名，每周计核，对于不曾入浴的初步惩罚是宣布姓名，最后的断然处置是定期强迫入浴，并派员监视，然而日久玩生，签名簿中尚不无浮冒情事。有些男人，西装裤尽管挺直，他的耳后脖根，土壤肥沃，常常宜于种麦！袜子手绢不知随时洗涤，常常日积月累，到处塞藏，等到无可使用时，再从那一堆污垢存货当中拣选比较干净的去应急。有些男人的手绢，拿出来硬像是土灰面制的百果糕，黑糊糊粘成一团，而且内容丰富。男人的一双脚，多半好像是天然的具有泡菜霉干菜再加糖蒜的味道，所谓“濯足万里流”是有道理的，小小的一盆水确是无济于事，然而多少男人却连这一盆水都吝而不用，怕伤元气。两脚既然如此之脏，偏偏有些“逐臭之夫”喜于脚上藏垢纳污之处往复挖掘，然后嗅其手指，引以为乐！多少男人洗脸都是专洗本部，边疆一概不理，洗脸完毕，手背可以不湿，有的男人是在结婚后才开始刷牙。“扪虱而谈”的是男人。还有更甚于此者，曾有人当众搔背，结果是从袖口里面摔出一只老鼠！除了不可挽救的脏相之外，男人的脏大概是由于懒。

对了！男人懒。他可以懒洋洋坐在旋椅上，五官四肢，连同他的脑筋（假如有），一概停止活动，像呆鸟一般。“不闻夫博弈者乎……”那段话是专对男人说的。他若是上街买东西，很少时候能令他的妻子满意，他总是不肯多问几家，怕跑腿，怕费话，怕讲价钱。什么事他都嫌麻烦，除了指使别人替他做的事之外，他像残废人一样，对于什么事都愿坐享其成，而名之曰“室家之乐”。他提前养老，至少提前三二十年。

紧毗连着“懒”的是“馋”。男人大概有好胃口的居多。他的嘴，用在吃的方面的时候多，他吃饭时总要在菜碟里发现至少一英寸见方半英寸厚的肉，才能算是没有吃素。几天不见肉，他就喊：“嘴里要淡出鸟儿来！”若真个三月不知肉味，怕不要淡出毒蛇猛兽来！有一个人半年没有吃鸡，看见了鸡毛帚就流涎三尺。一餐盛馔之后，他的人生观都能改变，对于什么都乐观起来。一个男人在吃一顿好饭的时候，他脸上的表情硬是在感谢上天待人不薄；他饭后衔着一根牙签，红光满面，硬是觉得可以骄人。主中馈的是女人，修食谱的是男人。

男人多半自私。他的人生观中有一基本认识，即宇宙一切均是为了他的舒适而安排下来的。除了在做事赚钱的时候不得不忍气吞声地向人奴膝婢颜外，他总是要做出一副老爷相。他的家便是他的国度，他在家里称王。他除了为赚钱而吃苦努力外，他是一个“伊比鸠派”，他要享受。他高兴的时候，孩子可以骑在他的颈上，他引颈受骑，他可以像狗似的满地爬；他不高兴时，他看着谁都不顺眼，在外面受了闷气，回到家里来加倍地发作。他不知道女人的苦处。女人对于他的殷勤委曲，在他看来，就如同犬守户、鸡司晨一样的稀松平常，都是自然现象。他说他爱女人，其实他不是爱，是享受女人。他不问他给了别人多少，但是他要在别人身上尽量榨取。他觉得他对女人最大的恩惠，便是把赚来的钱全部或一部拿回家来，但是当他把一卷卷的钞票从衣袋里掏出来的时候，他的脸上的表情是骄傲的成分多，亲爱的成分少，好像是在说：“看我！你行吗？我这样待你，你多幸运！”他若是感觉到这家不复是他的乐园，他便有多样的借口不回到家里来。他到处云游，他另辟乐园。他有聚餐会，他有酒会，他有桥会，他有书会、画会、棋会，他有夜会，最不济的还有个茶馆。他的享乐的方法太多。假如轮回之说不假，下世侥幸依然投胎为人，很少男人情愿下世做女人的。他总觉得这一世生为男身，而享受未足，下一世要继续努力。

“群居终日，言不及义”，原是人的通病，但是言谈的内容，却男女有别。女人谈的往往是“我们家的小妹又病了”“你们家每月开销多少”之类。男人谈的是另一套，普通的方式，男人的谈话，最后不谈到女人身上便不会散场。这一个题目对男人最有兴味。如果有一个桃色案他们唯恐其和解得太快。他们好议论人家的隐私，好批评别人的妻子的性格相貌。“长舌男”是到处有的，不知为什么这名词尚不甚流行。

孩子

兰姆是终身未娶的，他没有孩子，所以他有一篇《未婚者的怨言》收在他的《伊利亚随笔》里。他说孩子没有什么稀奇，等于阴沟里的老鼠一样，到处都有，所以有孩子的人不必在他面前炫耀。他的话无论是怎样中肯，但在骨子里面有一点酸——葡萄酸。

我一向不信孩子是未来世界的主人翁，因为我亲见孩子到处在做现在的主人翁。孩子活动的主要范围是家庭，而现代家庭很少不是以孩子为中心的。一夫一妻不能成为家，没有孩子的家像一株不结果实的树，总缺点什么；必定等到小宝贝呱呱坠地，家庭的柱石才算放稳，男人开始做父亲，女人开始做母亲，大家才算找到各自的岗位。我问过一个并非“神童”的孩子：“你妈妈是做什么的？”他说：“给我缝衣的。”“你爸爸呢？”小宝贝翻翻白眼：“爸爸是看报的！”但是他随即更正说：“是给我们挣钱的。”孩子的回答全对。爹妈全是在为孩子服务。母亲早晨喝稀饭，买鸡蛋给孩子吃；父亲早晨吃鸡蛋，买鱼肝油精给孩子吃。最好的东西都要献呈给孩子，否则，做父母的心里便起惶恐，像是做了什么大逆不道的事一般。孩子的健康及其舒适，成为家庭一切设施的一个主要先决问题。这种风气，自古已然，于今为烈。自有小家庭制以来，孩子的地位顿形提高。以前的“孝子”是孝顺其父母之子，今之所谓“孝子”乃是孝顺其孩子之父母。孩子是一家之主，父母都要孝他！

“孝子”之说，并不偏激。我看见过不少的孩子，鼓噪起来能像一营兵；动起武来能像械斗；吃起东西来能像饿虎扑食；对于尊长宾客有如生番；不如意时撒泼打滚有如羊痫，玩得高兴时能把家具什物狼藉满室，有如惨遭洗劫……但是“孝子”式的父母则处之泰然，视若无睹，顶多皱起眉头，但皱不过三四秒钟仍复堆下笑容；危及父母的生存和体面的时候，也还要狠心咒骂几声，但那咒骂大部分是哀怨乞怜的性质，其中也许带一点威吓，但那威吓只能得到孩子的讪笑，因为那威吓是向来没有兑现过的。

“孟懿子问孝，子曰：‘无违。’”今之“孝子”深韪是说。凡是孩子的意志，为父母者宜多方体贴，勿使稍受挫阻；近代儿童教育心理学者又有“发展个性”之说，与“无违”之说正相符合。

体罚之制早被人唾弃，以其不合儿童心理健康之故。我想起一个外国的故事：

一个母亲带孩子到百货商店，经过玩具部，看见一匹木马，孩子一跃而上，前摇后摆，踌躇满志，再也不肯下来。那木马不是为出售的，是商店的陈设。店员们叫孩子下来，孩子不听；母亲叫他下来，加倍不听；母亲就说带他吃冰淇淋去，依然不听；买朱古力糖去，格外不听。任凭许下什么愿，总是还你一个不听；当时演成僵局，顿成胶着状态。最后一位聪明的店员建议说："我们何妨把百货商店特聘的儿童心理学专家请来解围呢？"众谋佥同，于是把一位天生成有教授面孔的专家从八层楼请了下来。专家问明原委，轻轻走到孩子身边，附耳低声说了一句话，那孩子便像触电一般，滚鞍落马，牵着母亲的衣裙，仓皇遁去。事后有人问那专家到底对孩子说的是什么话，那专家说："我说的是：'你若不下马，我打碎你的脑壳！'"

这专家真不愧为专家，但是颇有不孝之嫌。这孩子假如平常受惯了不兑现的体罚、威吓，则这专家亦将无所施其技了。约翰逊博士主张不废体罚，他以为体罚的妙处在于直截了当，然而约翰逊博士是十八世纪的人，不合时代潮流！

哈代有一首小诗，写孩子初生，大家誉为珍珠宝贝，稍长都夸做玉树临风，长成则为非做歹，终至于陈尸绞架。这老头子未免过于悲观。但是"幼有神童之誉，少怀大志，长而无闻，终乃与草木同朽"——这确是个可以普遍应用的公式。"小时聪明，大时未必了了。"究竟是知言，然而为父母者多属乐观。孩子才能骑木马，父母便幻想他将来指挥十万貔貅时之马上雄姿；孩子才把一曲抗战小歌哼得上口，父母便幻想他将来喉声一啭彩声雷动时的光景；孩子偶然拨动算盘，父母便暗中揣想他将来或能掌握财政大权，同时兼营投机买卖……这种乐观往往形诸言语，成为炫耀，使旁观者有说不出的感想。曾见一幅漫画：一个孩子跪在父亲的膝头用他的玩具敲打他父亲的头，父亲眯着眼在笑，那表情像是在宣告："看看！我的孩子！多么活泼！多么可爱！"旁边坐着一位客人咧着大嘴做傻笑状，表示他在看着，而且感觉兴趣。这幅画的标题是"演剧术"。一个客人看着别人家的孩子而能表示感觉兴趣，这真确实需要良好的"演剧术"。兰姆显然是不欢喜演这样的戏。

孩子中之比较最蠢、最懒、最刁、最泼、最丑、最弱、最不讨人喜欢的，往往最得父母的钟爱。此事似颇费解，其实我们应该记得《西游记》中唐僧为什么偏偏欢喜猪八戒。

谚云："树大自直。"意思是说孩子不需要教。小时恣肆些，大了自然会好。可是弯曲的小树，长大是否会直呢？我不敢说。

中年

钟表上的时针是在慢慢地移动着的，移动的如此之慢，使你几乎不感觉到它的移动，人的年纪也是这样的，一年又一年，总有一天会蓦然一惊，已经到了中年，到这时候大概有两件事使你不能不注意。讣闻不断地来，有些性急的朋友已经先走一步，很煞风景，同时又会忽然觉得一大批一大批的青年小伙子在眼前出现，从前也不知是在什么地方藏着的，如今一齐在你眼前摇晃，磕头碰脑的尽是些昂然阔步满面春风的角色，都像是要去吃喜酒的样子。自己的伙伴一个个的都入蛰了，把世界交给了青年人。所谓“耳畔频闻故人死，眼前但见少年多”，正是一般人中年的写照。

从前杂志背面常有“韦廉士红色补丸”的广告，画着一个憔悴的人，弓着身子，手扶在腰上，旁边注着“图中寓意”四字。那寓意对于青年人是相当深奥的。可是这幅图画却常在中年人的脑里涌现，虽然他不一定想吃“红色补丸”，那点寓意他是明白了。一根黄松的柱子，都有弯曲倾斜的时候，何况是二十六块碎骨头拼凑成的一条脊椎？年轻人没有不好照镜子的，在店铺的大玻璃窗前照一下都是好的，总觉得大致上还有几分姿色。这顾影自怜的习惯逐渐消失，以至于有一天偶然揽镜，突然发现额上刻了横纹，那线条是显明而有力，像是吴道子的“莼菜描”，心想那是抬头纹，可是低头也还是那样。再一细看头顶上的头发有搬家到腮旁颌下的趋势，而最令人怵目惊心的是，鬓角上发现几根白发，这一惊非同小可，平素一毛不拔的人到这时候也不免要狠心地把它拔去，拔毛连茹，头发根上还许带着一颗鲜亮的肉珠。但是没有用，岁月不饶人！

一般的女人到了中年，更着急。哪个年轻女子不是饱满丰润得像一颗牛奶葡萄，一弹就破的样子？哪个年轻女子不是玲珑矫健得像一只燕子，跳动得那么轻灵？到了中年，全变了。曲线都还存在，但满不是那么回事，该凹入的部分变成了凸出，该凸出的部分就成了凹入，牛奶葡萄要变成为金丝蜜枣，燕子要变鹌鹑。最暴露在外面的是一张脸，从“鱼尾”起皱纹撒出一面网，纵横辐转，疏而不漏，把脸逐渐织成一幅铁路线最发达的地图，脸上的皱纹已经不是熨斗所能烫得平的，同时也不知怎么在皱纹之外还常常加上那么多的苍蝇屎。所以脂粉不可少，除非粪土之墙，没有不可污的道理。在原有的一张脸上再罩上一张脸，本是最简便的事，不过在上妆之前下妆之后，容易令人联想起《聊斋志异》的那一篇《画皮》而已。女人的肉好像最禁不起地心的吸力，一到中年便一齐松懈下来往下堆摊，成堆的肉挂在脸上，挂在腰边，挂在踝际。听说有许多西洋女子用擀面杖似的一根棒子早晚混身乱搓，希望把浮肿的肉压得结实一点，又有些人干脆忌食脂肪忌食淀粉，扎紧裤带，活生生的把自己“饿”回青春去。有多少效果，我不知道。

别以为人到中年，就算完事。不，譬如登临，人到中年像是攀跻到了最高峰。回头看看，一串串的小伙子正在“头也不回呀汗也不揩”地往上爬。再仔细看看，路上有好多块绊脚石，曾把自己磕碰得鼻青脸肿，有好多处陷阱，使自己做了若干年的井底蛙。回想从前，自己做过扑灯蛾，惹火焚身，自己做过撞窗户纸的苍蝇，一心想奔光明，结果落在粘苍蝇的胶纸上！这种种景象的观察，只有站在最高峰上才有可能。向前看，前面是下坡路，好走得多。

施耐庵《水浒》序云：“人生三十未娶，不应再娶；四十未仕，不应再仕。”其实“娶”“仕”都是小事，不娶不仕也罢，只是这种说法有点中途弃权的意味。西谚云：“人的生活在四十才开始。”好像四十以前，不过是几出配戏，好戏都在后面。我想这与健康有关。吃窝头米糕长大的人，拖到中年就算不易，生命力已经蒸发殆尽，这样的人焉能再娶？何必再仕？有“维他赐保命”都嫌来不及了。我看见过一些得天独厚的男男女女，年轻的时候愣头愣脑的，浓眉大眼，生僵挺硬，像是一些又青又涩的毛桃子，上面还带着挺长的一层毛。他们是未经琢磨过的璞石。可是到了中年，他们变得润泽了，容光焕发，脚底下像是有了弹簧，一看就知道是内容充实的。他们的生活像是在饮窖藏多年的陈酿，浓而芳冽！对于他们，中年没有悲哀。

四十开始生活，不算晚，问题在“生活”二字如何诠释。如果年届不惑，再学习溜冰踢毽子放风筝，“偷闲学少年”，那自然有如秋行春令，有点勉强。半老徐娘，留着刘海，躲在茅房里穿高跟鞋当作踩高跷般地练习走路，那也是惨事。中年的妙趣，在于相当地认识人生，认识自己，从而做自己所能做的事，享受自己所能享受的生活。科班的童伶宜于唱全本的大武戏，中年的演员才能担得起大出的轴子戏，只因他到中年才能真懂得戏的内容。

老年

时间走得很均匀，说快不快，说慢不慢，不知从什么时候起在宴会中总是有人簇拥着你登上座，你自然明白这是离入祠堂之日已不太远。上下台阶的时候常有人在你肘腋处狠狠地搀扶一把，这是提醒你，你已到达了杖乡杖国的高龄，怕你一跤跌下去，摔成好几截。黄口小儿一晃的功夫就蹿高好多，在你眼前跌跌跖跖地跑来跑去，喊着阿公阿婆，这显然是在催你老。

其实人之老也，不需人家提示。自己照照镜子，也就应该心里有数。乌溜溜的毛毵毵的头发哪里去了？由黑而黄，而灰，而斑，而毫髦然，而稀稀落落，而牛山濯濯，活像一只秃鹫。瓠犀一般的牙齿哪里去了？不是熏得焦黄，就是咧着罅隙，再不就是露出七零八落的豁口。脸上的肉七棱八瓣，而且还平添无数雀斑，有时排列有序如星座，这个像大熊，那个像天蝎。下巴颏儿底下的垂肉就变成了空口袋，捏着一揪，两层松皮久久不能恢复原状。两道浓眉之间有毫毛秀出，像是麦芒，又像是兔须。眼睛无端淌泪，有时眼角上还会分泌出一堆堆的桃胶凝聚在那里。总之，老与丑是不可分的。《尔雅》："黄发、齯齿、鲐背、耇老，寿也。"寿自管寿，丑还是丑。

老的征象还多的是。还没有喝忘川水，就先善忘。文字过目不旋踵就飞到九霄云外，再翻寻有如海底捞针。老友几年不见，觌面说不出他的姓名，只觉得他好生面善。要办事超过三件以上，需要结绳，又怕忘了哪一个结代表哪一桩事，如果笔之于书，又可能忘记备忘录放在何处。大概是脑髓用得太久，难免漫漶，印象当然模糊。目视茫茫，眼镜整天戴上又摘下，摘下又戴上。两耳聋聩，无以与乎钟鼓之声，倒也罢了，最难堪的是人家说东你说西。齯牙动摇，咀嚼的时候像反刍，而且有时候还需要戴围嘴。至于登高腿软，久坐腰疾，睡一夜浑身关节滞涩，而且睁着大眼睛等天亮，种种现象不一而足。

老不必叹，更不必讳。花有开有谢，树有荣有枯。桓温看到他"种柳皆已十围，慨然曰：'木犹如此，人何以堪！'攀枝执条，泫然流泪"。桓公是一个豪迈的人，似乎不该如此。人吃到老，活到老，经过多少狂风暴雨惊涛骇浪，还能双肩承一喙，俯仰天地间，应该算是幸事。荣启期说："人生有不见日月不免襁褓者"，所以他行年九十，认为是人生一乐，叹也不用，乐也无妨，生、老、病、死，原是一回事。有人讳言老，算起岁数来斤斤计较按外国算法还是按中国算法，好像从中可以讨到一年便宜。更有人老不歇心，怕以皤皤华首见人，偏要染成黑头。半老徐娘，驻颜无术，乃乞灵于整容郎中化妆师，隆鼻隼，抽脂肪，扫青黛眉，眼睚涂成两个黑窟窿。“物老为妖，人老成精。”人老也就罢了，何苦成精？

老年人该做老年事，冬行春令实是不祥。西塞罗说：“人无论怎样老，总是以为自己还可以再活一年。”是的，这愿望不算太奢。种种方面的人欠欠人，正好及时做个了结。贤者识其大，不贤者识其小，各有各的算盘。大主意自己拿。最低限度，别自寻烦恼，别碍人事，别讨人嫌。“有人问莎孚克利斯，年老之后还有没有恋爱的事，他回答得好：‘上天不准！我好容易逃开了那种事，如逃开凶恶的主人一般。’”这是说，老年人不再追求那花前月下的旖旎风光，并不是说老年人就一定如槁木死灰一般的枯寂。人生如游山，年轻的男男女女携着手儿陟彼高岗位，沿途有无限的赏心乐事，兴致淋漓，也可能遇到一些挫沮，歧路彷徨，不过等到日云暮矣，互相扶持着走下山冈，却正别有一番情趣。白居易《睡觉诗》：“老眠早觉常残夜，病力先衰不待年。五欲已销诸念息，世间无境可勾牵。”话是很洒脱，未免凄凉一些。五欲指财、色、名、饮食、睡眠。五欲全销，并非易事，人生总还有可留恋的在。江州司马泪湿青衫之后，不是也还未能忘情于诗酒么？

诗人

有人说："在历史里一个诗人似乎是神圣的，但是一个诗人在隔壁便是个笑话。"这话不错。看看古代诗人画像，一个个的都是宽衣博带，飘飘欲仙，好像不食人间烟火的样子，《辋川图》里的人物，弈棋饮酒，投壶流筋，一个个的都是儒冠羽衣，意态萧然，我们只觉得摩诘当年，千古风流，而他在苦吟时堕入醋瓮里的那副尴尬相，并没有人给他写画流传。我们凭吊浣花溪畔的工部草堂，遥想杜陵野老典衣易酒卜居茅茨之状，吟哦沧浪，主管风骚，而他在耒阳狂啖牛炙白酒胀饫而死的景象，却不雅观。我们对于死人，照例是隐恶扬善，何况是古代诗人，篇章遗传，好像是痰唾珠玑，纵然有些小小乖僻，自当加以美化，更可资为谈助。王摩诘堕入醋瓮，是他自己的醋瓮，不是我们家的水缸，杜工部旅中困顿，累的是来阳知县，不是向我家叨扰。一般人读诗，犹如观剧，只是在前台欣赏，并无须侧身后台打听优伶身世，即使刺听得多少奇闻轶事，也只合作为梨园掌故而已。

假如一个诗人住在隔壁，便不同了。虽然几乎家家门口都写着“诗书继世长”，懂得诗的人并不多。如果我是一个名利中人，而隔壁住着一个诗人，他的大作永远不会给我看，我看了也必以为不值一文钱，他会给我以白眼，我看他一定也不顺眼。诗人没有常光顾理发店的，他的头发作飞蓬状，作狮子狗状，作艺术家状。他如果是穿中装的，一定像是算命瞎子，两脚泥；他如果是穿西装的，一定是像卖毛毯子的白俄，一身灰；他游手好闲；他白昼做梦；他无病呻吟；他有时深居简出，闭门谢客；他有时终年流浪，到处为家；他哭笑无常；他饮食无度；他有时贫无立锥；他有时挥金似土；如果是个女诗人，她口里可以衔只大雪茄；如果是男的，他向各形各色的女人去膜拜；他喜欢烟、酒、小孩、花草、小动物——他看见一只老鼠可以作一首诗，他在胸口上摸出一只虱子也会作成一首诗；他的生活习惯有许多与人不同的地方。有一个人告诉我，他曾和一个诗人比邻，有一次同出远游，诗人未带牙刷，据云留在家里为太太使用，问之曰：“你们原来共用一把吗？”诗人大惊曰：“难道你们是各用一把吗？”

诗人住在隔壁，是个怪物，走在街上尤易引起误会。勃朗宁有一首诗《当代人对诗人的观感》，描写一个西班牙的诗人性好观察社会人生，以致被人误认为是一个特务，这是何等的讥讽！他穿的是一身破旧的黑衣服，手杖敲着地，后面跟着一条秃瞎老狗，看着鞋匠修理皮鞋，看人切柠檬片放在饮料里，看焙咖啡的火盆，用半只眼睛看书摊，谁虐打牲畜谁咒骂女人都逃不了他的注意——所以他大概是个特务，把观察所得呈报国王。看他那个模样儿，上了点年纪，那两道眉毛，亏他的眼睛在下面住着！鼻子的形状和颜色都像魔爪。某甲遇难，某乙失踪，某丙得到他的情妇——还不都是他干下的事？他费这样大的心机，也不知得多少报酬。大家都说他回家用晚膳的时候，灯火辉煌，墙上挂着四张名画，二十名裸体女人给他捧盘换盏。其实，这可怜的人过的乃是另一种生活，他就住在芒桥边第三家，新油刷的一幢房子，全街的人都可以看见他交叉着腿，把脚放在狗背上，和他的女仆在打纸牌，吃的是酪饼水果，十点钟就上床睡了。他死的时候还穿着那件破大衣，没膝的泥，吃的是面包壳，脏得像一条熏鱼！

这位西班牙的诗人还算是幸运的，被人当作特务，在另一个国度里，这样一个形迹可疑的诗人可能成为特务的对象。

变戏法的总要念几句咒，故弄玄虚，增加他的神秘，诗人也不免几分江湖气，不是谪仙，就是鬼才，再不就是梦笔生花，总有几分阴阳怪气。外国诗人更厉害，作诗时能直接地祷求神助，好像是仙灵附体的样子。

一颗沙里看出一个世界，
一朵野花里看出一个天堂，
把无限抓在你的手掌里，
把永恒放进一刹那的时光。

若是没有一点慧根的人，能说出这样的鬼话么？你不懂？你是蠢才！你说你懂，你便可跻身于风雅之林，你究竟懂不懂，天知道。

大概每个人都曾经有过做诗人的一段经验。在“怨黄莺儿作对，怪粉蝶儿成双”的时节，看花谢也心惊，听猫叫也难过，诗就会来了，如枝头舒叶那么自然。但是入世稍深，渐渐煎熬成为一颗“煮硬了的蛋”，散文从门口进来，诗从窗口出去了。“嘴唇在不能亲吻的时候才肯唱歌。”一个人如果达到相当年龄，还不失赤子之心，经风吹雨打，方寸间还能诗意盎然，他是得天独厚，他是诗人。

诗不能卖钱，一首新诗，如捻断数根须即能脱稿，那成本还是轻的，怕的是像牡蛎肚里的一颗明珠，那本是一块病，经过多久的滋润涵养才能磨炼孕育成功，写出来到哪里去找顾主？诗不能给富人客厅里摆设做装潢，诗不能给广大的读者以娱乐。富人要的是字画珍玩，大众要的是小说戏剧。诗，短短一橛，充篇幅都不中用。诗是这样无用的东西，所以以诗为业的诗人，如果住在你的隔壁，自然是个笑话。将来在历史上能否就成为神圣，也很渺茫。

暴发户

暴发户，外国也有，叫作 parvenu 或 nouveau riche，意为新贵新富。这一种人有鲜明的特征，在人群中自成一格，令人一眼就可以辨认出来。旧戏里有一个小丑曾说过这样的一句话："树小墙新画不古，此人必是内务府。"挖苦暴发户，入木三分。

内务府是前清的一个衙门，掌管大内的财务出纳，以及祭礼、宴飨、膳馐、衣服、赐予、刑法、工作、教习，职务繁杂，组织庞大，下分七司三院，其长官名为总理大臣。凡能厕身其间者，无不被人艳羡，视为肥缺。"三年清知府，十万雪花银"，何况是给皇帝佬儿办总务？经手三分肥，内务府当差的几乎个个暴发。

人在暴发之后，第一桩事多半是求田问舍。锯木头，盖房子，叱咤立办；山节藻税，玉砌雕栏，亦非难致。唯独想在庭院之中立即拥有三槐五柳，婆娑掩映于朱门绣户之间，则非人力财力所能立即实现。十年树木，还是保守的说法，十年过后也许几株龙柏可以不再需要木架扶持，也许那些七杈八杈韵味毫无的油加利猛窜三两丈高。时间没有成熟之前，房子尽管富丽堂皇，堂前也只好放四盆石榴树，几棵夹竹桃，南墙脚摆几盆秋海棠。树，如果有，一定是小的。新盖的房子，墙也一定是新的，丹、青、赭、垩，光艳照人，还没来得及风雨剥蚀，还没来得及接受行人题名、顽童刻画、野狗遗溺。此之谓树小墙新。

暴发户对于室内装潢是相当考究的。进得门来，迎面少不得一个特大号的红地洒金的“福”字斗方，是倒挂着的，表示福到了。如果一排五个斗方当然更好，那是五福临门。室内灯饰，不比寻常。通常是八盏粗制滥造的仿古宫灯，因为楠木框花毛玻璃已不可得，象牙饰丝线穗更不必说。此外墙上、柱上、梁上、天花板上，还有无数的大大小小的电灯，甚至还有一串串的跑灯、霓虹灯，略似电视综艺节目之豪华场面。墙上也许还挂起一两幅政要亲笔题款的玉照，主人借以对客指点曰：“某公厚我，某公厚我。”但是墙上没有画是不行的，乃斥巨资定绘牡丹图，牡丹是五色的，象征五福临门，未放的花苞要多，象征多子多孙，题曰“富贵满堂。”如果这一幅还不够，可再加一幅猫蝶图，或是一幅“鹤鹿同春”，鹤要红顶，鹿要梅花。总之是画不古，顶多也许有一张仇十洲的仕女或是郑板桥的墨竹，好像稍为古一点点，但是谁愿说穿是真迹还是赝品？

新屋落成而不宴宾客，那简直是衣锦夜行。于是詹吉折简，大张盛筵，席开三桌，座位次序都经过审慎的考虑安排，中间一桌是政界，大小首长；右边一桌是商界，公司大亨；左边一桌只能算是“各界”，非官非商的一些闲杂人等。整套的银器出笼，也许是镀银，光亮耀眼，大型的器皿都是下有保温的热水屉，上有覆罩的碗盖。如果是鸡鸭，碗盖雕塑成鸡鸭形，如果是鱼，则成鱼形。碗足上、筷子上都刻有题字曰“某某自置”。一旁伺候的男女佣人，全穿制服，白布长衫旗袍，领口、袖口、下摆还绲着红边。至于席上的珍馐，则鬶旅重叠，燔炙满案。客人连声夸好，主人则忙不迭的说：“家常便饭不成敬意。”

饭前饭后少不得要引导宾客参观新居，这是宴客的主要项目。先从客厅看起，长廊广庑，敞豁有容，中间是一块大地毯，主人说明是波斯制品，可是很明显的图案不像。几套皮垫大沙发之外，有一套远看像是楠木雕花长案、小几、太师椅之类的古老家具。长案之上有百古架、玉如意、百鹿敦、金钟、玉磬，挤得密密杂杂。小几前面居然还有蓝花白瓷的痰盂。旁边可能有一大箱热带鱼，另一边可能有大型立体音响。至于电视机，那就一定不止一台了。寝室里四壁至少有两面全是镜子，花灯照耀之下，有如置身水晶宫中。高广大床，锦帱绣帐，松软的弹簧床垫像是一大块天使蛋糕。浴缸则像是小型游泳池。书房也有一间，几净窗明，文房四宝罗列井然。书柜里有廿五史、百科全书，以及六法全书，一律布面烫金，金光熠熠。后院有温室一间，里面挂着几盆刚开败了的洋兰。众宾客参观完毕，啧啧称赞，可是其中也有一位冷冷地低声地说：“这全是等闲之功！”人问其语出何典，他说：“不记得《水浒传》王婆贪贿说风情，有所谓五字诀么？”众皆粲然，主人也似懂非懂的跟着大家哈、哈、哈。

主人在仰着头打哈哈的时候，脖梗子上明显的露出三道厚厚的肥肉折叠起来的沟痕。大腹便便，虽不至“垂腴尺余”，也够瞧老大半天。“乐然后笑”，心里欢畅，自然就面团团，不时地辗然而笑。常言道：“人无横财不富，马无夜草不肥。”横财自何处来？没有人事前知道，只能说是逼人而来，说得玄虚一点便是自来处来。不过事后分析，也可找出一些蛛丝马迹，不会没有因缘。大抵其人投机冒险，而又遭逢时会，遂令竖子暴发。“君子之泽，五世而斩。”暴发户呢？其兴也暴，很可能“眼看他起高楼，眼看他宴宾客，眼看他楼塌了”！

医生

医生是一种神圣的职业，因为他能解除人的痛苦，着手成春。有一个人，有点老毛病，常常发作，闹得死去活来，只要一听说延医，病就先去了八分，等到医生来到，霍然而愈。试脉搏听心跳完全正常，医生只好愕然而退，延医的人真希望病人的痛苦稍延长些时。这是未着手就已成春的一例。可是医生一不小心，或是虽已小心而仍然犯错误，他随时也有机会减短人的寿命。据说庸医的药方可以辟鬼，比钟馗的像还灵，胆小的夜行人举着一张药方就可以通行无阻，因为鬼中有不少生前吃过那样药方的亏的，死后还是望而生畏。医生以济世活人为职志，事实上是掌握着生杀的大权的。

说也奇怪，在舞台上医生大概总是由丑角扮演的。看过《老黄请医》

的人总还记得那个医生的脸上是涂着一块粉的。在外国也是一样，在莫里哀或是拉毕施的笔下，医生也是令人啼笑皆非的人物。为什么医生这样的不受人尊敬呢？我常常纳闷。

大概人在健康的时候，总是把医药看作不祥之物，就是有点头晕脑热，也并不慌，保国粹者喝午时茶，通洋务者服阿司匹林，然后蒙头大睡，一汗而愈。谁也不愿常和医生交买卖。一旦病势转剧，伏枕哀鸣，深为造物小儿所苦，这时候就不能再忘记医生了。记得小时候家里延医，大驾一到，家人真是倒屣相迎，请入上座，捧茶献烟，环列伺候，毕恭毕敬，医生高踞上座并不谦让，吸过几十筒水烟，品过几盏茶，谈过了天气，叙过了家常，抱怨过了病家之多，此后才能开始他那一套望闻问切君臣佐使。再倒茶，再装烟，再扯几句淡话（这时节可别忘了偷偷地把“马钱”送给车夫），然后恭送如仪。我觉得那威风不小。可是奉若神明也只限于这一短短的时期，一俟病人霍然，医生也就被丢在一旁。至于登报鸣谢悬牌挂匾的事，我总是怀疑究竟是何方主使，我想事前总有一个协定。有一个病人住医院，一只脚已经伸进了棺木，在病人看来这是一件很关重要的事情。在医生看来这是常见的事，老实说医生心里也是很着急的，他不能露出着急的样子，病人的着急是不能隐藏的，于是许愿说如果病愈要捐赠医院若干若干，等到病愈出院早把心愿抛到九霄云外，医生追问他时，他说：“我真说过这样的话吗？你看，当时我病得多厉害！”大概病人对医生没有多少好感，不病时以医生为不祥，既病则不能不委曲逢迎他，病好了，就把他一脚踢开，人是这样忘恩负义的一种动物，有几个人能像 Androclus 遇见的那只狮子？所以医生以丑角的姿态在舞台上出现，正好替观众发泄那平时不便表示的积愤。

可是医生那一方面也有许多别扭的地方。他若是登广告，和颜悦色地招徕主顾，立刻有人要挖苦他："你们要找庸医么，打开报纸一看便是。"所以他被迫采取一种防御姿势，要相当的傲岸。尽管门口鬼多人少，也得做出忙的样子。请他去看病，他不能去得太早，要等你三催六请，像大旱之后云霓一般而出现。没法子，忙。你若是登门求治，挂号的号码总是第九十几号，虽然不至于拉上自己的太太小姐，坐在候诊室里来壮声势，总得摆出一种排场，令你觉得他忙，忙得不能和你多说一句话。好像是算命先生如果要细批流年需要卦金另议一般。不过也不能一概而论，医生也有健谈的，病人尽管愁眉苦脸，他能谈笑风生。我还知道一些工于应酬的医生，在行医之前，先实行一套相法，把病人的身份打量一番，对什么样的人说什么样的话。明明是西医，他对一位老太婆也会说一套阴阳五行的伤寒论，对于愿留全尸的人他不坚持打针，对于怕伤元气的人他不用泻药。明明地不知病原所在，他也得撰出一篇相当的脉案的说明，不能说不知道，"你不知道就是你没有本事"，说错了病原总比说不出病原令出诊费的人觉得不冤枉些。大概发烧即是火，咳嗽就是伤寒，有痰就是肺热，腰疼即是肾亏，大致总没有错。摸不清病原也要下药，医生不开方就不是医生，好在符箓一般的药方也不容易被病人辨认出来。因为这种种情形的逼迫，医生不能不有一本生意经。

生意经最精的是兼营药业，诊所附设药房，开了方子立刻配药，几十个瓶子配来配去变化无穷，最大的成本是那盛药水的小瓶，收费言无二价。出诊的医生随身带着百宝箱，灵丹妙药一应俱全，更方便，连药剂师都自兼了。

天下是有不讲理的人，“医生治病不治命”，但是打医生摘匾的事却也常有。所以话要说在前头，芝麻大的病也要说得如火如荼不可轻视，病好了是他的功劳，病死了怪不得人。如果真的疑难大症撞上门来，第一步先得说明来治太晚，第二步要模棱地说如果不生变化可保无虞，第三步是姑投以某某药剂以观后果，第四步是敬谢不敏另请高明，或是更漂亮地给介绍到某某医院，其诀曰：“推。”

我并不责难医生。我觉得医生里面固然庸医不少，可是病人里的浑虫也很多。有什么样子的病人就有什么样的医生，天造地设。

厌恶女性者

不要以为男人都是好色之徒，也有厌恶女性者。

《周书·列传》第四十，萧统三子萧詧，曾在江陵称帝八载，据说他“少有大志，不拘小节……性不饮酒，安于俭素……尤恶见妇人，虽相去数步，遥闻其臭。经御妇人之衣，不复更著”。

一个曾临九五的人，无论在位如何短暂，疆土如何狭小，我们可以想象内宫粉黛，必极其妍。而萧詧恶见妇人，事属不经，似难索解。女人离他数步之遥，他就闻到她的臭味，更是离奇，难道他遇到的妇人个个都患狐臭？因思古时淳于髡一斗亦醉，一石亦醉，最欢畅的时候是“州闾之会，男女杂坐……前者堕珥，后有遗簪”，“男女同席，履舄交错……

主人留髡而送客，罗襦襟解，微闻芗泽。”芗泽就是指女人身上散发出来的一股特殊的香气。淳于髡说的大概是实话。这种香气须在相当亲近肌肤的时候才能闻到。《红楼梦》里宝玉不是就曾一再勉强的要闻黛玉的袖口么？只因袖口里有芗泽。这种香气，萧詧大概是无缘消受。不过萧詧雅好佛理，曾有内典《华严》《般若》《法华》《金光明义疏》四十六卷的著作行世，也许因潜心佛理而厌恶女色，亦未可知。可是事实上他生了八个儿子，死时才四十四岁，这又怎么说？

厌恶女性者，英文叫作 misogynist，在文学作品中有时也有很率直的描述。例如，十六世纪作家约翰·黎利（John Lyly）所作《优浮绮斯》（Euphues），其中有一封长信，是优浮绮斯在离开那不利斯返回雅典时写给他的一位朋友及一般痴情男子的。这封信号称为“戒色指南”（The Cooling Card）。其言曰：

她如果贞洁，必定拘谨；如果轻佻，必定淫荡；如是严肃的婆娘，谁肯爱她？如是放浪的泼妇，谁愿娶她？如是侍奉灶神的处女，她们是誓不嫁人的；如是追随爱神的信徒，她是势必荒淫的。如果我爱一个美貌的，势必引起嫉妒；如果我爱一个貌寝的，会要使我疯狂。如果生育频繁，则负担有增无已；如果不能生育，则我的罪孽愈发深重；如果贤淑，我会担心她早死；如果不淑，我会厌恶她长寿。

把女人说得一无是处，其结论是“避免接近女人”。优浮绮斯的私行并不谨饬，被蛇咬过一回，以后见了绳子也怕。所以他的厌恶女性的论调实是有感而发。

异性相吸，男女相悦，乃是常情。至于溺于女色者，如纣王之宠妲己，幽王之宠褒姒，以至于亡国，则罪不全在妲己与褒姒，纣王、幽王须负更大之责任。只因佳人难再得，遂任其倾城倾国，昏君本人之罪责岂容推诿？赵飞燕的女弟刚接进宫，就有人在背后议论："此祸水也，必将灭火。"汉得火德而兴，是否因此一女子而澌灭，且不去管它，"祸水"一词从此成了某些女性的代名词。西谚有云："任何事故，追根问底，必定有个女人。"话并不错，不过要看怎样解释。一个人在事业上有所成就，很大部分是因为家有贤妻，一个人一生中不闯大祸，也很大部分是因为家有贤妻。"女人是水做的，男人是泥做的"，是女性崇拜的说法，指女人为祸水，是厌恶女性者的口头禅。

代沟

代沟是翻译过来的一个比较新的名词，但这个东西是我们古已有之的。自从人有老少之分，老一代与少一代之间就有一道沟，可能是难以飞渡的深沟天堑，也可能是一步迈过的小渎阴沟，总之是其间有个界限。沟这边的人看沟那边的不顺眼，沟那边的人看沟这边的人不像话，也许吹胡子瞪眼，也许拍桌子卷袖子，也许口出恶声，也许真个地闹出命案，看双方的气质和修养而定。

《尚书·无逸》："相小人，厥父母勤劳稼穑，厥子乃不知稼穑之艰难，乃逸乃谚既诞。否则侮厥父母曰：'昔之人，无闻知。'"这几句话很生动，大概是我们最古的代沟之说的一个例证。大意是说：请看一般小民，做父母的辛苦耕稼，年轻一代不知生活艰难，只知享受放荡，再不就是张口顶撞父母说："你们这些落伍的人，根本不懂事！"活画出一条沟的两边的人对峙的心理。小孩子嘛，总是贪玩。好逸恶劳，人之天性。只有饱尝艰苦的人，才知道以无逸为戒。做父母的人当初也是少不更事的孩子，代代相仍，历史重演。一代留下一沟，像树身上的年轮一般。

虽说一代一沟，腌臜的情形难免，然大体上相安无事。这就是因为所谓传统者，把人的某一些观念胶着在一套固定的范畴里。"不以规矩不能成方圆。"大家都守规矩，尤其是年青的一代。

"鞋大鞋小，别走了样子！"小的一代自然不免要憋一肚皮委屈，但是，别忙，"多年的媳妇熬成婆，多年的道路走成河"，转眼间黄口小儿变成了鲐背耇老，又轮到自己唉声叹气，抱怨一肚皮不合时宜了。

我记得我小的时候，早起要跟着姐姐哥哥排队到上房给祖父母请安，像早朝一样的肃穆而紧张，在大柜前面两张二人凳上并排坐下，腿短不能触地，往往甩腿。这是犯大忌的，虽然我始终不知是犯了什么忌。祖父母的眼睛瞪得圆圆的，手指着我们的前后摆动的小腿说："怎么，一点样子都没有！"吓得我们的小腿立刻停摆，我的母亲觉得很没有面子，回到房里着实地数落了我们一番。祖孙之间隔着两条沟，心理上的隔阂如何得免？当时我心里纳闷，我甩腿，干卿底事。我十岁的时候，进了陶氏学堂，领到一身体操时穿的白帆布制服，有亮晶的铜钮扣，裤边还镶贴两条红带，现在回想起来有点滑稽，好像是卖仁丹游街宣传的乐队，那时却扬扬自得，满心欢喜地回家，没想到赢得的是一头雾水："好呀！我还没死，就先穿起孝衣来了！"我触了白色的禁忌。出殡的时候，灵前是有两排穿白衣的“孝男儿”，口里模仿嚎丧的哇哇叫。此后每逢体操课后回家，先在门口脱衣，换上长褂，卷起裤筒。稍后，我进了清华，看见有人穿白帆布橡皮底的网球鞋，心羡不已，于是也从天津邮购了一双，但是始终没敢穿了回家。只求平安少生事，莫在代沟之内起风波。

大家庭制度下，公婆儿媳之间的代沟是最鲜明也最凄惨的。儿子自外归来，不能一头扎进闺房，那样做不但公婆瞪眼，所有的人都要竖起眉毛。他一定要先到上房请安，说说笑笑好大一阵，然后公婆（多半是婆）开恩发话，“你回屋里歇歇去吧”，儿子奉旨回到阃闱。媳妇不能随后跟进，还要在公婆面前周旋一下，然后公婆再度开恩，“你也去吧”，媳妇才能走，慢慢地走。如果媳妇正在院里浣洗衣服，儿子过去帮下忙，到后院井里用柳罐汲取一两桶水，送过去备用，结果也会招致一顿长辈的唾骂：“你走开，这不是你做的事。”

我记得半个多世纪以前，有一对大家庭中的小夫妻，十分的恩爱，夫暴病死，妻觉得在那样的家庭中了无生趣，竟服毒以殉。殡殓后，追悼之日政府颁赠匾额曰“彤管扬芬”，女家致送的白布横批曰“看我门楣”！我们可以听得见代沟的冤魂哭泣，虽然代沟另一边的人还在逞强。

以上说的是六七十年前的事，代沟中的小风波，但没有大泛滥。张公艺九代同居，靠了一百多个忍字。其实九代之间就有八条沟，沟下有沟，一代压一代，那一百多个忍字还不是一面倒，多半由下面一代承当？古有明训：能忍自安。

五四运动实乃一大变局。新一代的人要造反，不再忍了。有人要“整理国故”，管他什么三坟五典八索九丘，都要揪出来重新交付审判。礼教被控吃人，孔家店遭受捣毁的威胁，世世代代留下来的沟要彻底翻腾一下，这下子可把旧一代的人吓坏了。有人提倡读经，有人竭力卫道，但是，不是远水不救近火，便是只手难挽狂澜。代沟总崩溃，新一代的人如脱缰之马，一直旁出斜逸奔放驰骤到如今。旧一代的人则按照自然法则一批一批的凋谢，填入时代的沟壑。

代沟虽然永久存在，不过其现象可能随时变化。人生的麻烦事，千端万绪，要言之，不外财色两项，关于钱财，年长的一辈多少有一点吝啬的倾向。吝啬并不一定全是缺点。“称财多寡而节用之，富无金藏，贫不假贷，谓之啬。积多不能分人，而厚自养，谓之吝。不能分人，又不能自养，谓之爱。”这是《晏子春秋》的说法。所谓爱，就是守财奴。是有人好像是把孔方兄一个个地穿挂在他的肋骨上，取下一个都是血丝糊拉的。英文俚语，勉强拿出一块钱，叫作“咳出一块钱”，大概也是表示钱是深藏于肺腑，需要用力咳才能跳出来。年青一代看了这种情形，老大的不以为然，心里想：“这真是‘昔之人，无闻知’，有钱不用，害得大家受苦，忘记了‘一个钱也带不了棺材里去’。”心里有这样的愤懑蕴积，有时候就要发泄。所以，曾经有一个儿子向父亲要五十元零用，其父靳而不予，由冷言恶语而拖拖拉拉，儿子比较身手矫健，一把揪住父亲的领带，（唉，领带真误事）领带越揪越紧，父亲一口气上不来，一翻白眼，死了。这件案子，按理应剐，基于“心神丧失”的理由，没有剐，在代沟的历史里留下一个悲惨的记录。

人到成年，嘤嘤求偶，这时节不但自己着急，家长更是担心，可是所谓代沟出现了，一方面说这是我的事，你少管，另一方面说传宗接代的大事如何能不过问。一个人究竟是姣好还是寝陋，是端庄还是阴鸷，本来难有定评。“看那样子，长头发、牛仔裤、嬉游浪荡、好吃懒做，大概不是善类。”“爬山、露营、打球、跳舞，都是青年的娱乐，难道要我们天天匀出功夫来晨昏定省，膝下承欢？”南辕北辙，越说越远，其实“养儿防老”“我养你小，你养我老”的观念，现代的人大部分早已不再坚持。羽毛既丰，各奔前程，上下两代能保持朋友一般的关系，可疏可密，岁时存问，相待以礼，岂不甚妙？谁也无须剑拔弩张，放任自己，而诿过于代沟。沟是死的，人是活的！代沟需要沟通，不能像希腊神话中的亚力山大以利剑砍难解之绳结那样容易的一刀两断，因为人终归是人。

脸谱

我要说的脸谱不是旧剧里的所谓“整脸”“碎脸”“三块瓦”之类，也不是麻衣相法里所谓观人八法“威、厚、清、古、孤、薄、恶、俗”之类。我要谈的脸谱乃是每天都要映入我们眼帘的形形色色的活人的脸。旧戏脸谱和麻衣相法的脸谱，那乃是一些聪明人从无数活人脸中归纳出来的几个类型公式，都是第二手的资料，可以不管。

古人云“人心不同，各如其面”，那意思承认人面不同是不成问题的。我们不能不叹服人类创造者的技巧的神奇，差不多的五官七窍，但是部位配合，变化无穷，比七巧板复杂多了。对于什么事都讲究“统一”“标准化”的人，看见人的脸如此复杂离奇，恐怕也无法训练改造，只好由它自然发展吧？假使每一个人的脸都像是从一个模子里翻出来的，一律的浓眉大眼，一律的虎额龙隼，在排起队来检阅的时候固然甚为壮观整齐，但不便之处必定太多，那是不可想象的。

人的脸究竟是同中有异，异中有同，否则也就无所谓谱。就粗浅的经验说，人的脸大别为二种，一种是令人愉快的，一种是令人不愉快的。凡是常态的，健康的，活泼的脸，都是令人愉快的，这样的脸并不多见。令人不愉快的脸，心里有一点或很多不痛快的事，很自然地把脸拉长一尺，或是罩上一层阴霾，但是这张脸立刻形成人与人之间的隔阂，立刻把这周围的气氛变得阴沉。假如，在可能范围之内，努力把脸上的筋肉松弛一下，嘴角上挂出一个微笑，自己费力不多，而给予人的快感甚大，可以使得这人生更值得留恋一些。我永不能忘记那永长不大的孩子彼得潘，他嘴角上永远挂着一颗微笑，那是永恒的象征。一个成年人若是完全保持一张孩子脸，那也并不是理想的事，除了给“婴儿自己药片”作商标之外，也不见得有什么用处。不过赤子之天真，如在脸上还保留一点痕迹，这张脸对于人类的幸福是有贡献的。令人愉快的脸，其本身是愉快的，这与老幼妍媸无关。丑一点，黑一点，下巴长一点，鼻梁塌一点，都没有关系，只要上面漾着充沛的活力，便能辐射出神奇的光彩，不但有光，还有热，这样的脸能使满室生春，带给人们兴奋、光明、调谐、希望、欢欣。一张眉清目秀的脸，如果恹恹无生气，我们也只好当作石膏像来看待了。

我觉得那是一个很好的游戏：早起出门，留心观察眼前活动的脸，看看其中有多少类型，有几张使你看了一眼之后还想再看？

不要以为一个人只有一张脸。女人不必说，常常“上帝给她一张脸，她自己另造一张”。不涂脂粉的男人的脸，也有“卷帘”一格，外面摆着一副面孔，在适当的时候呱嗒一声如帘子一般卷起，另露出一副面孔。“杰克博士与海德先生”（Dr.Jekyll and Mr.Hyde）那不是寓言。误入仕途的人往往养成这一套本领。对下司道貌岸然，或是面部无表情，像一张白纸似的，使你无从观色，莫测高深，或是面皮绷得像一张皮鼓，脸拉得驴般长，使你在他面前觉得矮好几尺！但是他一旦见到上司，驴脸得立刻缩短，再往瘪里一缩，马上变成柿饼脸，堆下笑容，直线条全变成曲线条，如果见到更高的上司，连笑容都凝结得堆不下来，未开言嘴唇要抖上好大一阵，脸上作出十足的诚惶诚恐之状。帘子脸是傲下媚上的主要工具，对于某一种人是少不得的。

不要以为脸和身体其他部分一样地受之父母，自己负不得责。不，在相当范围内，自己可以负责的，大概人的脸生来都是和善的，因为从婴儿的脸看来，不必一定都是颜如握丹，但是大概都是天真无邪，令人看了喜欢的。我还没见过一个孩子带着一副不得善终的脸，脸都是后来自己作践坏了的，人们多半不体会自己的脸对于别人发生多大的影响。脸是到处都有的。在送殡的行列中偶然发现的哭丧脸，做讣闻纸色，眼睛肿得桃儿似的，固然难看。一行行的囚首垢面的人，如稻草人，如丧家犬，脸上作黄蜡色，像是才从牢狱里出来，又像是要到牢狱里去，凸着两只没有神的大眼睛，看着也令人心酸。还有一大群心地不够薄脸皮不够厚的人，满脸泛着平价米色，嘴角上也许还沾着一点平价油，身穿着一件平价布，一脸的愁苦，没有一丝的笑容，这样的脸是颇令人不快的。但是这些贫病愁苦的脸还不算是最令人不愉快，因为只是消极得令人心里堵得慌，而且稍微增加一些营养（如肉糜之类）或改善一些环境，脸上的神情还可以渐渐恢复常态。最令人不快的是一些本来吃得饱，睡得着，红光满面的脸，偏偏带着一股肃杀之气，冷森森地拒人千里之外，看你的时候眼皮都不抬，嘴撇得瓢儿似的，冷不防抬起眼皮给你一个白眼，黑眼球不知翻到哪里去了，脖梗子发硬，脑壳朝天，眉头皱出好几道熨斗都熨不平的深沟——这样的神情最容易在官办的业务机关的柜台后面出现。遇见这样的人，我就觉到惶惑：这个人是不是昨天赌了一夜以致睡眠不足，或是接连着腹泻了三天，或是新近遭遇了什么冥凶，否则何以乖戾至此，连一张脸的常态都不能维持了呢？

送行

“黯然销魂者，唯别而已矣。”遥想古人送别，也是一种雅人深致。古时交通不便，一去不知多久，再见不知何年，所以南浦唱支骊歌，灞桥折条杨柳，甚至在阳关敬一杯酒，都有意味。李白的船刚要启旋，汪伦老远的在岸上踏歌而来，那幅情景真是历历如在目前。其妙处在于淳朴真挚，出之以潇洒自然。平素莫逆于心，临别难分难舍。如果平常我看着你面目可憎，你觉得我语言无味，一旦远离，那是最好不过，只恨世界太小，唯恐将来又要碰头，何必送行？

在现代人的生活里，送行是和拜寿送殡等等一样地成为应酬的礼节之一。“揪着公鸡尾巴”起个大早，迷迷糊糊地赶到车站码头，挤在乱哄哄人群里面，找到你的对象，扯几句淡话，好容易耗到汽笛一叫，然后作鸟兽散，吐一口轻松气，噘着大嘴回家。这叫作周到。在被送的那一方面，觉得热闹，人缘好，没白混，而且体面，有这么多人舍不得我走，斜眼看着旁边的没人送的旅客，相形之下，尤其容易起一种优越之感，不禁精神抖擞，恨不得对每一个送行的人要握八次手，道十回谢。死人出殡，都讲究要有多少亲友执绋，表示恋恋不舍，何况活人？行色不可不壮。

悄然而行似是不大舒服，如果别的旅客在你身旁耀武扬威地与送行的话别，那会增加旅中的寂寞。这种情形，中外皆然。Max Beerbohm 写过一篇《谈送行》，他说他在车站上遇见一位以演剧为业的老朋友在送一位女客，始而喁喁情话，俄而泪湿双颊，终乃汽笛一声，勉强抑止哽咽，向女郎频频挥手，目送良久而别。原来这位演员是在作戏，他并不认识那位女郎，他是属于“送行会”的一个职员，凡是旅客孤身在外而愿有人到站相送的，都可以到“送行会”去雇人来送。这位演员出身的人当然是送行的高手，他能放进感情，表演逼真。客人纳费无多，在精神上受惠不浅。尤其是美国旅客，用金钱在国外可以购买一切，如果“送行会”真的普遍设立起来，送行的人也不虞缺乏了。

送行既是人生中所不可少的一桩事，送行的技术也便不可不注意到。如果送行只限于到车站码头报到，握手而别，那么问题就简单，但是我们中国的一切礼节都把“吃”列为最重要的一个项目。一个朋友远别，生怕他饿着走，饯行是不可少的，恨不得把若干天的营养都一次囤积在他肚里。我想任何人都有这种经验，如有远行而消息外露（多半还是自己宣扬），他有理由期望着饯行的帖子纷至沓来，短期间家里可以不必开伙。还有些思虑更周到的人，把食物携在手上，亲自送到车上船上，好像是你在半路上会要挨饿的样子。

我永远不能忘记最悲惨的一幕送行。一个严寒的冬夜，车站上并不热闹，客人和送客的人大都在车厢里取暖，但是在长得没有止境的月台上却有黑压压的一堆送行的人，有的围着斗篷，有的戴着风帽，有的脚尖在洋灰地上敲鼓似的乱动，我走近一看全是熟人，都是来送一位太太的。车快开了，不见她的踪影，原来在这一晚她还有几处饯行的宴会。在最后的一分钟，她来了。送行的人们觉得是在接一个人，不是在送一个人，一见她来到大家都表示喜欢，所有惜别之意都来不及表现了。她手上抱着一个孩子，吓得直哭，另一只手扯着一个孩子，连跑带拖，她的头发蓬松着，嘴里喷着热气像是冬天载重的骡子，她顾不得和送行的人周旋，三步两步地就跳上了车。这时候车已在蠕动。送行的人大部分都手里提着一点东西，无法交付，可巧我站在离车门最近的地方，大家把礼物都交给了我，“请您偏劳给送上去吧！”我好像是一个圣诞老人，抱着一大堆礼物，我一个箭步蹿上了车，我来不及致辞，把东西往她身上一扔，回头就走，从车上跳下来的时候，打了几个转才立定脚跟。事后我接到她一封信，她说：

“那些送行的都是谁？你丢给我那一堆东西，到底是谁送的？我在车上整理了好半天，才把那堆东西聚拢起来打成一个大包袱。朋友们的盛情算是给我添了一件行李。我愿意知道哪一件东西是哪一位送的，你既是代表送上车的，你当然知道，盼速见告。

计开

水果三筐，泰康罐头四个，果露两瓶，蜜饯四盒，饼干四罐，豆腐乳四罐，蛋糕四盒，西点八盒，纸烟八听，信纸信封一匣，丝袜两双，香水一瓶，烟灰碟一套，小钟一具，衣料两块，酱菜四篓，绣花拖鞋一双，大面包四个，咖啡一听，小宝剑两把……”

这问题我无法答复，至今是个悬案。

我不愿送人，亦不愿人送我，对于自己真正舍不得离开的人，离别的那一刹那像是开刀，凡是开刀的场合照例是应该先用麻醉剂，使病人在迷蒙中度过那场痛苦，所以离别的苦痛最好避免。一个朋友说：“你走，我不送你；你来，无论多大风多大雨，我要去接你。”我最赏识那种心情。

谈考试

少年读书而要考试，中年做事而要谋生，老年悠闲而要衰病，这都是人生苦事。

考试已经是苦事，而大都是在炎热的夏天举行，苦上加苦。我清晨起身，常见三面邻家都开着灯弦歌不辍；我出门散步，河畔田埂上也常见有三三两两的孩子们手不释卷。这都是一些好学之士吗？也不尽然。我想其中有很大一部分是在临阵磨枪。尝闻有“读书乐”之说，而在考试之前把若干知识填进脑壳的那一段苦修，怕没有什么乐趣可言。

其实考试只是一种测验的性质，和量身高体重的意思差不多，事前无须恐惧，临事更无须张皇。考的时候，把你知道的写出来，不知道的只好阙疑，如是而已。但是考试的后果太大了。万一名在孙山之外，那一份落第的滋味好生难受，其中有惭恧，有怨恨，有沮丧，有悔恨，见了人羞答答，而偏有人当面谈论这回事。这时节，人的笑脸都好像是含着讥讽，枝头鸟啭都好像是在嘲弄，很少人能不顿觉人生乏味。其后果犹不止于此，这可能是生活上一大关键，眼看着别人春风得意，自己从此走向下坡。考试的后果太重大，所以大家都把考试看得很重。其实考试的成绩，老早地就由自己平时读书时所决定了。

人苦于不自知。有些人根本无须去受考试的煎熬，但存一种侥幸心理，希望时来运转，一试得授。上焉者临阵磨枪，苦苦准备；中焉者揣摩试题，从中取巧；下焉者关节舞弊，浑水捞鱼。用心良苦，而希望不大。现代考试方法，相当公正，甚少侥幸可能。虽然也常闻有护航顶替之类的情形，究竟是少数的例外。如果自知仅有三五十斤的体重，根本就不必去攀到千斤大秤的钩子上去吊。贸贸然去应试，只是凑热闹，劳民伤财，为别人作垫脚石而已。

对于身受考试之苦的人，我是很同情的。考试的项目多，时间久，一关一关地闯下来，身上的红血球不知要死去多少千万。从前科举考场里，听说还有人在夜里高喊："有恩的报恩，有怨的报怨！"那一股阴森恐怖的气氛是够吓人的。真有当场昏厥、疯狂、自杀的！现代的考场光明多了，不再是鬼影幢幢，可是考场如战场，还是够紧张的。我有一位同学，最怕考数学，一看题目纸，立即脸上变色，浑身寒战，草草考完之后便佝偻着身子回到寝室去换裤子！其神经系统所受的打击是可以想象的!

受苦难的不只是考生。主持考试的人也是在受考验。先说命题，出题目来难人，好像是最轻松不过，但亦不然。千目所视，千手所指，是不能掉以轻心的。我记得我的表弟在二十八年前投考一个北平的著名的医学院，国文题目是“卞壶（kǔn）不苟时好论”，全体交了白卷。考医学院的学生，谁又读过《晋书》呢？甚至可能还把“卞壶”读作“便壶”了呢。出这题目的是谁，我不知道，他此后是否仍然心安理得地继续活下去，我亦不知道。大概出题目不能太僻，亦不能太泛。假使考留学生，作文题目是“我出国留学的计划”，固然人人都可以诌出一篇来，但很可能有人早预备好一篇成稿，这样便很难评分而不失公道。出题目而要恰如分际，不刁钻，不炫弄，不空泛，不含糊，实在很难。在考生挥汗应考之前，命题的先生早已汗流浃背好几次了。再说阅卷，那也可以说是一种灾难。真的，曾有人于接连十二天阅卷之后，吐血而亡，这实在应该比照阵亡例议恤。阅卷百苦，尚有一乐，荒谬而可笑的试卷常常可以使人绝倒，四座传观，粲然皆笑，精神为之一振。我们不能不叹服，考生中真有富于想象力的奇才。最令人不愉快的卷子是字迹潦草的那一类，喻为涂鸦，还嫌太雅，简直是墨盒里的蜘蛛满纸爬！有人在宽宽的格子中写蝇头小字，也有人写一行字要占两行，有人全页涂抹，也有人曳白。像这种不规则的试卷，在饭前阅览，犹不过令人蹙眉，在饭后阅览，则不免令人恶心。

有人颇艳羡美国大学之不用入学考试。那种免试升学的办法是否适合我们的国情，是一个问题。据说考试是我们的国粹，我们中国人好像自古以来就是“考省不倦”的。考试而至于科举可谓登峰造极，三榜出身乃是惟一的正规的出路。至于今，考试仍为五权之一。考试在我们的生活当中已成为不可少的一部分。英国的卡莱尔在他的《英雄与英雄崇拜》里曾特别指出，中国的考试制度，作为选拔人才的方法，实在太高明了。所谓政治学，其要义之一即是如何把优秀的分子选拔出来放在社会的上层。中国的考试方法，由他看来，是最聪明的方法。照例，外国人说我们的好话，听来特别顺耳，不妨引来自我陶醉一下。平心而论，考试就和选举一样，属于“必需的罪恶”一类，在想不出更好的办法之前，考试还是不可废的。我们现在所能做的，是如何改善考试的方法，要求其简化，要求其合理，不要令大家把考试看作为戕贼身心的酷刑！

听，考场上战鼓又响了，由远而近！

升官图

赵瓯北《陔余丛考》有这样一段：

世俗局戏，有升官图，开列大小官位于纸上，以明琼掷之，计点数之多寡，以定升降。按房千里有《骰子选格序》云："以穴骰双双为戏，更投局上，以数多少为进身职官之差，数丰贵而约贱，卒局，有为尉掾而止者，有贵为相臣将臣者，有连得美名而后不振者，有始甚微而欻升于上位者。大凡得失不系贤不肖，但卜其偶不偶耳。"此即升官图之所由本也。

这使我忆起儿时游戏的升官图，不过方法略有不同：门口打糖锣儿的就卖升官图，一张粗糙亮光的白纸，上面印满了由白丁、秀才、举人、进士、以至太师、太傅、太保的各种官阶。玩的时候，三五人均可，围着升官图，不用“明琼”(骰子之别称)，用一个木质的方形而尖端的“拈拈转儿”，这拈拈转儿上面有四字“德、才、功、赃”，一个字写在一面上，用手指用力一捻，就像陀螺似的旋转起来，倒下去之后看哪一个字在上面，德、才、功都有升迁，赃则贬抑。有时候学优则仕，青云直上，春风得意，加官进爵。有时候宦情惨淡，官程蹭蹬，可能“事官千日，失在一朝”，爬得高跌得重，虽贵为台辅，位至封疆，禁不住几个赃字，一连几个倒栽葱，官爵尽削，还为庶人。一个铜板就可以买一张升官图，可以玩个好半天。

民国建始，万象更新，不知哪一位现代主义者动脑筋到升官图上，给它换了新装，秀才、举人、进士换了小学生、中学生、大学生，尚书换了部长，巡抚换了督军，而最高当局为总统、副总统、国务总理。官名虽然改变，升官的道理与升官的途径则一仍旧贯，所以我们玩起来并不觉得有什么异样，而且反觉得有更多的真实之感，纵然是游戏，亦未与现实脱节。

我曾想，儿童玩具有两样东西要不得，一个是各型各式的扑满，一个是升官图。扑满教人储蓄，储蓄是良好习惯，不过这习惯是不是应该在孩提时代就开始，似不无疑问。“饥荒心理”以后有的是培养的机会。长大成人之后，把一串串钱挂在肋骨上的比比皆是。升官图好像是鼓励人“立志作大官”，也似乎不是很妥当的事。可是我现在不这样想了，尤其是升官图，是颇合现实的一种游戏，在无可奈何的环境中不失为利多弊少的玩艺儿。

有人说“宦味同鸡肋”，这语未免矫情。凡是食之无味的东西，弃之均不可惜。被人誉为“三绝诗书画，一官归去来”的那位先生就弃官如敝屣，只因做官要看三件难看的东西：犯人的屁股，女尸的私处和上司的面孔。俗语说：“一代为官，三辈子擂砖。”这话也未免过于偏激。自古以来，官清毡冷的事也是常有的。例如周紫芝《竹坡诗话》有一段记载，大意是说李京兆诸父中有一人，极廉介，一日有家问，即令灭官烛，取私烛阅书，阅毕，命秉官烛如初。像这样的兢兢自守的人，他的子孙会跪在当街用砖头擂胸口吗？所以，官，无论如何，是可以成为一种清白的高尚职业，要在人好自为之耳，升官图可能鼓舞人们做官的兴趣，有何不可？

升官图也可以说是有益世道人心，因为它指出了官场升黜的常规。要升官，没有旁门左道，必须经由德行、才能、事功三方面的优良表现，而且一贪赃必定移付惩戒，赏罚分明，毫无宽假，这就叫作官常。升官图只是谨守官常，此外并无其他苞直之类的捷径可寻。假如官场像升官图一样简单，那就真是太平盛世了。升官之阶，首重在德，而才功次之，尤有深意。《宋史》记寇准与丁谓的一段故事：“初丁谓出准门，至参政，事甚谨，尝会食中书，羹污准须，谓起徐拂之。准笑曰：‘参政国之大臣，乃为官长拂须耶？’谓甚愧之。”为官长拂须，与贪赃不同，并不犯法，但是究竟有伤品德。恐怕官场现形有甚于为官长拂须者。在升官图上贵为太师之后再捻到“德”字，便是“荣归”，即荣誉退休之意，这也是很好的下场，否则这一场游戏没完没散，人生七十才开始，岂不把人急煞！

不知道现在有没有新的更合时代潮流的升官图？

结婚典礼

结婚这件事，只要成年的一男一女两厢情愿就成，并不需要而且不可以有第三者的参加。但是民法第八百九十二条规定要有公开仪式，再加上社会的陋俗（大部分似“野蛮的遗留”），以及爱受洋罪者的参酌西法，遂形成了近年来通行于中上阶级之所谓结婚典礼，又名“文明结婚”，犹戏中之有“文明新戏”。婚姻大事，不可潦草。单凭父母之命媒妁之言就把一对无辜男女捏合起来，这不叫作潦草；只因一时冲动而遂盲目地订下偕老之约，这也不叫潦草；唯有不请亲戚朋友街坊四邻来胡吃乱叫，或不当众提出结婚人来验明正身，则谓之曰潦草，又名不隆重。假如人生本来像戏，结婚典礼便似“戏中戏”，越隆重则越像。这出戏定期开演，先贴海报，风雨无阻，“撒网”敛钱，鼎惠不辞；届时悬灯结彩，到处猩红；在音乐方面则或用乞丐兼任的吹鼓手，或用卖仁丹游街或绸缎店大减价的铜乐队，或钢琴或风琴或口琴；少不了的是与演员打成一片的广大观众，内中包括该回家去养老的，该寻正当娱乐的，该受别种社会教育以及平时就该摄取营养的……演员的服装，或买或借或赁，常见的是蓝袍马褂及与环境全然不调和的一身西装大礼服，高冠燕尾，还有那短的像一件斗篷而还特烦两位小朋友牵着的那一橛子粉红纱！那出戏的尾声是，主人的腿子累的发麻，客人醉翻三五辈，门外的车夫一片叫嚣。评剧家曰："很热闹！"

这戏的开始照例是证婚人致辞。证婚人照例是新郎的上司，或新娘家中比较拿出来最像样的贵戚。他的身份等于"跳加官"，但他自己不知道，常常误会他是在做主席，或是在礼堂里的牧师，因此他的职务成为善颂善祷，和那些在门口高叫"正念喜，抬头观，空中来了福禄寿三仙……"的叫花子是异曲而同工！他若是身通"国学"，诗云子曰的一来，那就不得了了，在讲《易经》阴阳乾坤的时候，牵纱的小朋友们就非坐地上不可，而在人丛后面伸长颈子的那位客人，一定也会把其颈项慢慢缩回去了。我们应该容忍他，让他毕其辞，甚而至于违着良心地报之以稀稀拉拉的掌声。放心，他将得意不了几次！

介绍人要是两个，仿佛从前的一男媒一女媒，其实是为站在证婚人身旁时一边一个，较有对称之美。介绍人宜于是面团团一团和气，谁见了他都会被他撮合似的。所以常害胃病的，专吃平价米的都不该入选。许多荣任介绍人的常喜欢当众宣布他们只是名义上的介绍人，新郎新娘早已就……好像是生恐将来打离婚官司时要受牵连，所以特先自首似的。其实是他多虑。所谓介绍，是指介绍结婚，这是婚书上写的明明白白的，并不曾让他介绍新郎新娘认识或恋爱，所以以前的因误会而恋爱和以后的因失望而反目，其责任他原是不负的。从前俗语说“新娘搀上床，媒人扔过墙”，现在的介绍人则无须等待新娘上床便已解除职务了。

新郎新娘的“白步”是值得注意的，从这里可以看出导演者的手法，新郎应该像一只木鸡，由两个傧相挟之而至，应该脸上微露苦相，好像做下什么坏事现在败露了要受制裁的样子，这才和身份相称。新娘走出来要像蜗牛，要像日移花影，只见她的位置移动，而不见她行走，头要垂下来，但又不可太垂，要表示出头和颈子还是连着的，扶着两个煞费苦心才寻到的不比自己美的傧相，随着一派乐声，在众目睽睽之下，由大家尽量端详。礼毕，新娘要准备迎接一阵“天雨栗”，也有羼杂粮的，也有带干果的，像冰雹似的没头没脸地打过来。有在额头上被命中一颗核桃的，登时皮肉隆起如舍利子。如果有人扫拢来，无疑地可以熬一大锅“腊八粥”。还有人抛掷彩色纸条，想把新娘做成一个茧子。客人对于新娘的种种行为，由评头论足以至大闹洞房，其实在刑法上都可以构成诽谤、侮辱、伤害、侵入私宅和有伤风化等罪名的，但是在隆重的结婚典礼里，这些丑态是属于“撑场面”一类，应该容许！

曾经有人把结婚比作“蛤蟆跳井”——可以得水，但是永世不得出来。现代人不把婚姻看的如此严重，法律也给现代人预先开了方便的后门或太平梯之类，所以典礼的隆重并不发生任何担保的价值。没有结过婚的人，把结婚后幻想成神仙的乐境，因此便以结婚为得意事，甘愿铺张，唯恐人家不知，更恐人家不来，所以往往一面登报“一切从简”，一面却是倾家荡产地“敬治喜筵”以为诱饵。来观婚礼的客人，除了真有友谊的外，是来签到，出钱看戏，或真是双肩承一喙地前来就食！

我们能否有一种简便的节俭的合理的愉快的结婚仪式呢？这件事需要未婚者来细想一下，已婚者就不必多费心了。

第三辑 闲说世语

鼾声是不是讨人厌，去问问寡妇。

鼾

我初到南京教书那一年，先是被安置在一间宿舍里，可巧一位朋友也是应聘自北平来，遂暂与我同居一室。夜晚就寝，这位相貌清癯仪态潇洒的朋友，头刚沾枕，立刻响起鼾声，不是普通呼噜呼噜的鼾声，他调门高，作金石声，有铜锤花脸或是秦腔的韵味，而且在十响八响的高亢的鼾声之后，还猛然带一个逆腔的回钩。这下子他把自己惊醒了，可是他哼哼唧唧地蠕动了几下，又开始奏起他的独特的音乐。我不知所措，彻夜无眠。

过两天这位朋友搬走了，又来了一位心广体胖脂腴特丰的朋友，他在南京有家，看见我室有空床，决意要和我联床夜话。他块头大、气势足，鼾声轰隆轰隆，不同凡响。凡事应慎之于始，我立即拿起一只多余的绣花枕头，对准他的床上掷去，他徐徐地开言道："你是嫌我鼾声太大吗？"原来他尚未睡熟，只是小试啼声，预演的性质。我毫无办法，听他演奏通宵达旦。

我本来没有打鼾的习惯，等到中年发福，又常以把盏为乐，"三日不饮酒，觉形神不复相亲，于是三日一小饮，五日一大醉，隗然卧倒，鼾声如雷。我初不自知，当然亦不肯承认，可是家人指控历历如绘，甚至于形容我的呼声之高，硬说我一呼一吸之际，屋门也应声一翕一张。小女淘气，复于我鼾声大作之时，录声为证，无法抵赖，只得承招。但是我还要试为自己解脱，引证先贤亦复尔尔，不足为病，无可厚非。黄山谷题苏东坡书后有云："东坡居士性喜酒，然不能四五龠，已烂醉就卧，鼻鼾如雷。"可见贤者不免，吾又何尤？

鼾声扰人，究竟不是好事。记得有人发明过一种"止鼾器"。睡时纳入口中，好像就能控制口腔内某一部分的筋肉使之不能颤动，自然就不会发出鼾声。我没见过这种伟大的发明，也不知道有什么情愿一试的人做过实验。这种东西没有流行到市面上来，很快地就匿迹销声，不是证明其为无效，是证明人对于鼾的厌恶尚未深刻到甘心情愿以异物纳入口腔的程度。

如果不是在人卧榻之侧制造噪声，扰人清睡，打鼾似乎没有多大害处。有些医学家可不这样想。报载：

【合众国际社密歇根安那柏一九七六年十一月十九日电】

一位研究睡眠失常的专家指出，鼾声太大可能对健康有害；情况严重的，甚至会使你的心脏停止跳动。

斯坦福大学睡眠失常门诊中心主任狄蒙博士在密歇根大学的内科医师会议上指出，有打鼾毛病的人几乎无法真正睡一晚好眠。

他说，鼾声大的人，每一千位成年男人中，平均有一人当他睡着时心脏有停止跳动的危险……当他们的喉头上部与口腔组织过度松弛时，就切断了通向肺部的空气……这些睡眠者因此必须挣扎喘气，以吸取空气至肺内。严重时，此种循环一晚可能发生四百次，其中包括心跳不规则。这意味一个人在一年内有一千万次他的心跳可能停止的机会。我们猜测发生此种情形的次数，远较医学界所知者为多，因为此种病人醒着时没有心脏病的困扰，而且死后验尸也看不出此种症状……

我们常听说到的所谓无疾而终，一睡不起，或是溘然坐化，也许其中一部分就是因为有严重的打鼾习惯。我不确知谁是因鼾而停止呼吸而猝然物化，不过打鼾的朋友们确是常有鼾声正酣之际陡然停止出声的情事。在这种情形中醒着的人都为他担心，生怕他一时喘不过气来而发生意外。通常他是休止几秒钟便又惊醒过来的。陈搏高卧，动辄百余日不起，不知他最后是否于鼾眠中尸解。

若说鼾声悦耳，怕谁也不信。但也有例外，要看鼾声发自何人。我从前有一位朋友卜居青岛汇泉，推开屋门即见平坦广大的海滩，再望过去就是辽阔无垠的海洋，月明风清之夜，潮汐涨退之声可闻，景物幽绝。

遥想当年英国诗人阿诺德在多汉海峡听惊涛拍岸时所引发的感触，此情此景大概仿佛。我的朋友却不以为然，他说夜晚听无穷无尽的波涛撞击的音响，单调得令人心烦，海潮音实在听不入耳。天籁都不能令他动心，还有什么音响能令他欣赏呢？他正言相告："要想听人世间最美妙的音乐，莫过于夜阑人静，微闻妻室儿女从榻上传来的停匀的一波一波的鼾声，那时节我真个领略到'上帝在天，世上一片宁谧安详'的意境。"

好几年前，《读者文摘》有一篇说鼾的小文。于分析描述打鼾的种种之后，篇末画龙点睛地补上一笔："鼾声是不是讨人厌，问寡妇。"

睡

我们每天睡眠八小时，便占去一天的三分之一，一生之中三分之一的时间于“一枕黑甜”之中度过，睡不能不算是人生一件大事。可是人在筋骨疲劳之后，眼皮一垂，枕中自有乾坤，其事乃如食色一般的自然，好像是不需措意。

豪杰之士有“闻午夜荒鸡起舞”者，说起来令人神往，但是五代时之陈希夷，居然隐于睡，据说“小则亘月，大则几年，方一觉”，没有人疑其为有睡病，而且传为美谈。这样的大量睡眠，非常人之所能。我们的传统的看法，大抵是不鼓励人多睡觉。昼寝的人早已被孔老夫子斥为不可造就，使得我们居住在亚热带的人午后小憩（西班牙人所谓 Siesta）时内心不免惭愧。后汉时有一位边孝先，也是为了睡觉受他的弟子们的

嘲笑 :“边孝先，腹便便，懒读书，但欲眠。”佛说在家戒法，特别指出“贪睡眠乐”为“精进波罗密”之一障。大概倒头便睡，等着太阳晒屁股，其事甚易，而掀起被衾，跳出软暖，至少在肉体上作“顶天立地”状，其事较难。

其实睡眠还是需要适量。我看倒是睡眠不足为害较大。“睡眠是自然的第二道菜”，亦即最丰盛的主菜之谓。多少身心的疲惫都在一阵“装死”之中涤除净尽。车祸的发生时常因为驾车的人在打瞌睡。衙门机构一些人员之一张铁青的脸，傲气凌人，也往往是由于睡眠不足，头昏脑涨，一肚皮的怨气无处发泄，如何能在脸上绽出人类所特有的笑容？至于在高位者，他们的睡眠更为重要，一夜失眠，不知要造成多少纰漏。

睡眠是自然的安排，而我们往往不能享受。以“天知地知我知子知”闻名的杨震，我想他睡觉没有困难，至少不会失眠，因为他光明磊落。心有恐惧，心有挂碍，心有忮求，倒下去只好辗转反侧，人尚未死而已先不能瞑目。庄子所谓“至人无梦”，《楞严经》所谓“梦想销灭，寤寐恒一”，都是说心里本来平安，睡时也自然踏实。劳苦分子，生活简单，日入而息，日出而作，不容易失眠。听说有许多治疗失眠的偏方，或教人计算数目字，或教人想象中描绘人体轮廓，其用意无非是要人收敛他的颠倒妄想，忘怀一切，但不知有多少实效。愈失眠愈焦急，愈焦急愈失眠，恶性循环，只好瞪着大眼睛，不觉东方之既白。

睡眠不能无床。古人席地而坐卧，我由“榻榻米”体验之，觉得不是滋味。后来北方的土炕砖炕，即较胜一筹。近代之床，实为一大进步。

床宜大，不宜小。今之所谓双人床，阔不过四五尺，仅足供单人翻覆，还说什么“被底鸳鸯”？

莎士比亚《第十二夜》提到一张大床，英国 Ware 地方某旅舍有大床，七尺六寸高，十尺九寸阔，雕刻甚工，可睡十二人云。尺寸足够大了，但是睡上一打，其去沙丁鱼也几希，并不令人羡慕。讲到规模，还是要推我们上国的衣冠文物。我家在北平即藏有一旧床，杭州制，竹篾为绷，宽九尺余，深六尺余，床架高八尺，三面隔扇，下面左右床柜，俨然一间小屋，最可人处是床里横放架板一条，图书、盖碗、桌灯、四干四鲜，均可陈列其上，助我枕上之功。洋人的弹簧床，睡上去如落在棉花堆里，冬日犹可，夏日燠不可当。而且洋人的那种铺被的方法，将身体放在两层被单之间，把毯子裹在床垫之上，一翻身肩膀透风，一伸腿脚趾戳被，并不舒服。佛家的八戒，其中之一是“不坐高广大床”，和我的理想正好相反，我至今还想念我老家里的那张高广大床。

睡觉的姿态人各不同，亦无长久保持“睡如弓”的姿态之可能与必要。王右军那样的东床袒腹，不失为潇洒。即使佝偻着，如死蚯蚓，匍匐着，如癞蛤蟆，也不干谁的事。北方有些地方的人士，无论严寒酷暑，入睡时必脱得一丝不挂，在被窝之内实行天体运动，亦无伤风化。唯有鼾声雷鸣，最使不得。宋张端义《贵耳集》载一条奇闻：“刘垂范往见羽士寇朝，其徒告以睡。刘坐寝外闻鼻鼾之声，雄美可听，曰：‘寇先生睡有乐，乃华胥调。’”所谓“华胥调”见陈希夷故事，据《仙佛奇踪》，“陈抟居华山，有一客过访，适值其睡，旁有一异人，听其息声，以墨笔记之。客怪而问之，其人曰：‘此先生华胥调混沌谱也。’”华胥氏之国不曾游过，华胥调当然亦无从欣赏，若以鼾声而论，我所能辨识出来的谱调顶多是近于“爵士新声”，其中可能真有“雄美可听”者。不过睡还是以不奏乐为宜。

睡也可以是一种逃避现实的手段。在这个世界活得不耐烦而又不肯自行退休的人，大可以掉头而去，高枕而眠，或竟曲肱而枕，眼前一黑，看不惯的事和看不入眼的人都可以暂时撇在一边，像鸵鸟一般，眼不见为净。明陈继儒《珍珠船》记载着：“徐光溥为相，喜论事，大为李昊等所嫉，光溥后不言，每聚议，但假寐而已，时号睡相。”一个做到首相地位的人，开会不说话，一味假寐，真是懂得明哲保身之道，比危行言逊还要更进一步，这种功夫现代似乎尚未失传。

梦

《庄子·大宗师》:“古之真人，其寝不梦。”注:“其寝不梦，神定也，所谓至人无梦是也。”做到至人的地步是很不容易的，要物我两忘，“嗒然若丧其偶”才行。偶然接连若干天都是一夜无梦，浑浑噩噩地睡到大天光，这种事情是常有的，但是长久地不做梦，谁也办不到。有时候想梦见一个人，或是想梦作一件事，或是想梦到一个地方，拼命地想，热烈地想，刻骨镂心地想，偏偏想不到，偏偏不肯入梦来。有时候没有想过的，根本不曾起过念头的，而且是荒谬绝伦的事情，竟会窜入梦中，突如其来，挥之不去，好惊、好怕、好窘、好羞！至于我们所企求的梦，或是值得一做的梦，那是很难得一遇的事，即使偶有好梦，也往往被不相干的事情打断，瞿然而觉。大致讲来，好梦难成，而噩梦连连。

我小时候常做的一种梦是下大雪。北国冬寒，雪虐风饕原是常事，哪有一年不下雪的？在我幼小心灵中，对于雪没有太大的震撼，顶多在院里堆雪人、打雪仗。但是我一年四季之中经常梦雪，差不多每隔一二十天就要梦一次。对于我，雪不是“战退玉龙三百万，败鳞残甲满天飞”（张承吉句），我没有那种狂想。也没有白居易“可怜今夜鹅毛雪，引得高情鹤氅人”那样的雅兴。更没有柳宗元“独钓寒江雪”的那分幽独的感受。雪只是大片大片的六角雪花，似有声似无声地、没头没脑地从天空筛将下来。如果这一场大雪把地面上的一切不平都匀称地遮覆起来，大地成为白茫茫的一片，像韩昌黎所谓“凹中初盖底，凸处遂成堆”，或是相传某公所谓的“黑狗身上白，白狗身上肿”，我一觉醒来便觉得心旷神怡，整天高兴。若是一场风雪有气无力，只下了薄薄一层，地面上的枯枝败叶依然暴露，房顶上的瓦垄也遮盖不住，我登时就会觉得哽结，醒后头痛欲裂，终朝寡欢。这样的梦我一直做到十四、五岁才告停止。

紧接着常做的是另一种梦，梦到飞。不是像一朵孤云似的飞，也不是像抟扶摇而上九万里的大鹏，更不是徐志摩在《想飞》一文中所说“飞上天空去浮着，看地球这弹丸在太空里滚着，从陆地看到海，从海再看回陆地。凌空去看一个明白”，我没有这样规模的豪想。我梦飞，是脚踏实地的两腿一弯，向上一纵，就离了地面，起先是一尺来高，渐渐上升一丈开外，两脚轻轻摆动，就毫不费力地越过了影壁，从一个小院蹿到另一个小院，左旋右转，夷犹如意。这样的梦，我经常做，像彼得·潘“那个永远长不大的孩子”，说飞就飞，来去自如。醒来之后，就觉得浑身通泰。若是在梦里两腿一踹，竟飞不起来，身像铅一般的重，那么醒来就非常沮丧，一天不痛快。这样的梦做到十八九岁就不再有了。大概是彼得·潘已经长大，而我像是雪莱《西风歌》所说的："落在人生的荆棘上了！"

成年以后，我过的是梦想颠倒的生活，白天梦做不少，夜梦却没有什么可说的。江淹少时梦人授以五色笔，由是文藻日新。王珣梦大笔如椽，果然成大手笔。李白少时笔头生花，自是天才瞻逸，这都是奇迹。说来惭愧，我有过一支小小的可以旋转笔芯的四色铅笔，我也有过一幅朋友画赠的"梦笔生花图"，但是都无补于我的文思。

我的亲人、我的朋友送给我的各式各样的大小粗细的笔，不计其数，就是没有梦见过五色笔，也没有梦见过笔头生花。至于黄帝之梦游华胥、孔子之梦见周公、庄子之梦为蝴蝶、陶侃之梦见天门，不消说，对我更是无缘了。我常有噩梦，不是出门迷失，找不着归途，到处"鬼打墙"，就是内急找不到方便之处，即使找到了地方也难得立足之地，再不就是和恶人打斗而四肢无力，结果大概都是大叫一声而觉。像黄粱梦、南柯一梦……那样的丰富经验，纵然是梦不也是很快意吗？

梦本是幻觉，迷离惝恍，与过去的意识或者有关，与未来的现实应是无涉，但是自古以来就把梦当兆头。晋皇甫谧《帝王世纪》说：黄帝作了两个大梦，一个是"大风吹天下之尘垢皆去"，一个是"人执千钧之弩驱羊万群"，于是他用江湖上拆字的方法占梦，依前梦"得风后于海隅，登以为相"，依后梦"得力牧于大泽，进以为将"。据说黄帝还著了《占梦经》十一卷。假定黄帝轩辕氏是于公元前2698年即帝位，他用什么工具著书，其书如何得传，这且不必追问。《周礼·春官》证实当时有官专司占梦之事："观天地之会，辨阴阳之气，以日月星辰，占六梦之吉凶，一曰正梦，二曰噩梦，三曰思梦，四曰寤梦，五曰喜梦，六曰惧梦。"后世没有占梦的官，可是梦为吉凶之兆，这种想法仍深入人心。如今一般人梦棺材，以为是升官发财之兆；梦粪便，以为是黄金万两之征。何况自古就有传说，梦熊为男子之祥，梦兰为妇人有身，甚至梦见自己的肚皮上生出一棵大松树，谓为将见人君，真是痴人说梦。

怒

一个人在发怒的时候，最难看。纵然他平素面似莲花，一旦怒而变青变白，甚至面色如土，再加上满脸的筋肉扭曲，眦裂发指，那副面目实在不仅是可憎而已。俗语说，“怒从心上起，恶向胆边生”，怒是心理的也是生理的一种变化。人逢不如意事，很少不勃然变色的。年少气盛，一言不合，怒气相加，但是许多年事已长的人，往往一样的火发暴躁。我有一位姻长，已到杖朝之年，并且半身瘫痪，每晨必阅报纸，戴上老花镜，打开报纸，不久就要把桌子拍得山响，吹胡瞪眼，破口大骂。报上的记载，他看不顺眼。不看不行，看了怄气。这时候大家躲他远远的，谁也不愿逢彼之怒。过一阵雨过天晴，他的怒气消了。

诗云：“君子如怒，乱庶遄沮；君子如祉，乱庶遄已。”这是说有地位的人，赫然震怒，就可以收拨乱反正之效。一般人还是以少发脾气少惹麻烦为上。盛怒之下，体内血球不知道要伤损多少，血压不知道要升高几许，总之是不卫生。而且血气沸腾之际，理智不大清醒，言行容易逾分，于人于己都不相宜。希腊哲学家爱比克泰德说："计算一下你有多少天不曾生气。在从前，我每天生气；有时每隔一天生气一次；后来每隔三四天生气一次：如果你一连三十天没有生气，就应该向上帝献祭表示感谢。"减少生气的次数便是修养的结果。修养的方法，说起来好难。另一位同属于斯多葛派的哲学家罗马的马克.奥勒留这样说："你因为一个人的无耻而愤怒的时候，要这样地问你自己：'那个无耻的人能不在这世界存在吗？'那是不能的。不可能的事不必要求。"坏人不是不需要制裁，只是我们不必愤怒。如果非愤怒不可，也要控制那愤怒，使发而中节。佛家把'嗔'列为三毒之一，"嗔心甚于猛火"，克服嗔恚是修持的基本功夫之一。燕丹子说："夏扶血勇之人，怒而面赤；宋意脉勇之人，怒而面青；武阳骨勇之人，怒而面白；光所知荆轲神勇之人，怒而色不变。"我想那神勇是从苦行修炼中得来的。生而喜怒不形于色，那天赋实在太厚了。

清朝初叶有一位李绂，著《穆堂类稿》，内有一篇《无怒轩记》，他说："吾年逾四十，无涵养性情之学，无变化气质之功，因怒得过，旋悔旋犯，惧终于忿戾而已，因以'无怒'名轩。"是一篇好文章，而其戒谨恐惧之情溢于言表，不失读书人的本色。

鸟

我爱鸟。

从前我常见提笼架鸟的人，清早在街上溜达（现在这样有闲的人少了）。我感觉兴味的不是那人的悠闲，却是那鸟的苦闷。胳膊上架着的鹰，有时头上蒙着一块皮子，羽融不整地蜷伏着不动，哪里有半点瞵视昂藏的神气？笼子里的鸟更不用说，常年地关在栅栏里，饮啄倒是方便，冬天还有遮风的棉罩，十分的“优待”，但是如果想要“抟扶摇而直上”，便要撞头碰壁。鸟到了这种地步，我想它的苦闷，大概是仅次于贴在胶纸上的苍蝇，它的快乐，大概是仅优于在标本室里住着吧？

我开始欣赏鸟，是在四川。黎明时，窗外是一片鸟啭，不是吱吱喳喳的麻雀，不是呱呱噪啼的乌鸦，那一片声音是清脆的，是嘹亮的，有的一声长叫，包括着六七个音阶，有的只是一个声音，圆润而不觉其单调，有时是独奏，有时是合唱，简直是一派和谐的交响乐，不知有多少个春天的早晨，这样的鸟声把我从梦境唤起。等到旭日高升，市声鼎沸，鸟就沉默了，不知到哪里去了。一直等到夜晚，才又听到杜鹃叫，由远叫到近，由近叫到远，一声急似一声，竟是凄绝的哀乐。客夜闻此，说不出的酸楚！

在白昼，听不到鸟鸣，但是看得见鸟的形体。世界上的生物，没有比鸟更俊俏的。多少样不知名的小鸟，在枝头跳跃，有的曳着长长的尾巴，有的翘着尖尖的长喙，有的是胸襟上带着一块照眼的颜色，有的是飞起来的时候才闪露一下斑斓的花彩。几乎没有例外的，鸟的身躯都是玲珑饱满的，细瘦而不干瘪，丰腴而不臃肿，真是减一分则太瘦，增一分则太肥那样的秾纤合度，跳荡得那样轻灵，脚上像是有弹簧。看它高踞枝头，临风顾盼——好锐利的喜悦刺上我的心头。不知是什么东西惊动它了，它倏地振翅飞去，它不回顾，它不悲哀，它像虹似的一下就消逝了，它留下的是无限的迷惘。有时候稻田里伫立着一只白鹭，蜷着一条脚，缩着颈子，有时候“一行白鹭上青天”，背后还衬着黛青的山色和油绿的梯田。就是抓小鸡的鸢鹰，啾啾地叫着，在天空盘旋，也有令人喜悦的一种雄姿。

我爱鸟的声音，鸟的形体，这爱好是很单纯的，我对鸟并不存任何幻想。有人初闻杜鹃，兴奋的一夜不能睡，一时想到“杜宇”“望帝”，一时又想到啼血，想到客愁，觉得有无限诗意。我曾告诉他事实上全不是这样的。杜鹃原是很健壮的一种鸟，比一般的鸟魁梧得多，扁嘴大口，并不特别美，而且自己不知构巢，依仗体壮力大，硬把卵下在别个的巢里，如果巢里已有了够多的卵，便不客气地给挤落下去，孵育的责任由别个代负了，孵出来之后，羽毛渐丰，就可把巢据为己有。那人听了我的话之后，对于这豪横无情的鸟，再也不能幻出什么诗意出来了。我想济慈的《夜莺》，雪莱的《云雀》，还不都是诗人自我的幻想。与鸟何干？

鸟并不永久地给人喜悦，有时也给人悲苦。诗人哈代在一首诗里说，他在圣诞的前夕，炉里燃着熊熊的火，满室生春，桌上摆着丰盛的筵席，准备着过一个普天同庆的夜晚，蓦然看见在窗外一片美丽的雪景当中，有一只小鸟踏踏缩缩地在寒枝的梢头踞立，正在啄食一颗残余的僵冻的果儿，禁不住那料峭的寒风，栽倒地上死了，滚成一个雪团！诗人感谓曰：“鸟！你连这一个快乐的夜晚都不给我！”我也有过一次类似经验，在东北的一间双重玻璃窗的屋里，忽然看见枝头有一只麻雀，战栗地跳动抖擞着，在啄食一块干枯的叶子。但是我发现那麻雀的羽毛特别的长，而且是蓬松戟张着的，像是披着一件蓑衣，立刻使人联想到那垃圾堆上的大群褴褛而臃肿的人，那形容是一模一样的。那孤苦伶仃的麻雀，也就不暇令人哀了。

自从离开四川以后，不再容易看见那样多型类的鸟的跳荡，也不再容易听到那样悦耳的鸟鸣。只是清早遇到烟突冒烟的时候，一群麻雀挤在檐下的烟突旁边取暖，隔着窗纸有时还能看见伏在窗棂上的雀儿的映影。喜鹊不知逃到哪里去了。带哨子的鸽子也很少看见在天空打旋。黄昏时偶尔还听见寒鸦在古木上鼓噪，入夜也还能听见那像哭又像笑的鸱枭的怪叫。再令人触目的就是那些偶然一见的囚在笼里的小鸟儿了，但是我不忍看。

年龄

从前看人作序，或是题画，或是写匾，在署名的时候往往特别注明“时年七十有二”“时年八十有五”或是“时年九十有三”，我就肃然起敬。春秋时人荣启期以为行年九十是人生一乐，我想拥有一大把年纪的人大概是有一种可以在人前夸耀的乐趣。只是当时我离那耄耋之年还差一大截子，不知自己何年何月才有资格在署名的时候也写上年龄。我揣想署名之际写上自己的年龄，那时心情必定是扬扬得意，好像是在宣告：“小子们，你们这些黄口小儿，乳臭未干，虽然幸离襁褓，能否达到老夫这样的年龄恐怕尚未可知哩。”须知得意不可忘形，在夸示高龄的时候，未来的岁月已所余无几了。俗语有一句话说：“棺材是装死人的，不是装老人的。”话是不错，不过你试把棺盖揭开看看，里面躺着的究竟是以老年人为多。年轻的人将来的岁月尚多，所以我们称他为富于年。人生以年龄计算，多活一年即是少了一年，人到了年促之时，何可夸之有？我现在不复年轻，看人署名附带声明时年若干若干，不再有艳羡之情了。倒是看了富于年的英俊，有时不胜羡慕之至。

裸子植物和双子叶植物，其茎部的细胞因春夏成长秋冬停顿之故而形成所谓年轮，我们可以从而测知其年龄。人没有年轮，而且也不便横切开来查验。人年纪大了常自谦为马齿徒增，也没有人掰开他的嘴巴去看他的牙齿。眼角生出鱼尾纹，脸上遍洒黑斑点，都不一定是老朽的象征。头发的黑白更不足为凭。有人春秋鼎盛而已皓首皤皤，有人已到黄耇之年而顶上犹有“不白之冤”，这都是习见之事。不过，岁月不饶人，冒充少年究竟不是容易事。地心的吸力谁也抵抗不住。脸上、颈上、腰上、踝上，连皮带肉的往下坠，虽不至于“载跋其胡”，那副龙钟的样子是瞒不了人的。别的部分还可以遮盖起来，面部经常暴露在外，经过几番风雨，多少回风霜，总会留下一些痕迹。

好像有些女人对于脸上的情况较为敏感。眼窝底下挂着两个泡囊，其状实在不雅，必剔除其中的脂肪而后快。两颊松懈，一条条的沟痕直垂到脖子上，下巴底下更是一层层的皮肉堆累，那就只好开刀，把整张的脸皮揪扯上去，像国剧一些演员化装那样，眉毛眼睛一齐上挑，两腮变得较为光滑平坦，皱纹似乎全不见了。此之谓美容、整容，俗称之为拉皮。行拉皮手术的人，都秘不告人，而且讳言其事。所以在饮宴席上，如有面无皱纹的年高名婆在座，不妨含混地称赞她驻颜有术，但是在点菜的时候不宜高声地要鸡丝拉皮。

其实自古以来也有不少男士热衷于驻颜。南朝宋颜延之《庭诰》："练形之家，必就深旷，反飞灵，糇丹石，粒芝精，所以还年却老，延华驻采。"道家练形养元，可以尸解升天，岂止延华驻采？这都是一些姑妄言之的神话。贵为天子的人才真的想要还年却老，千方百计地求那不老的仙丹。看来只有晋孝武帝比较通达事理，他饮酒举杯属长星（彗星）："长星，劝尔一杯酒，自古何时有万岁天子？"可是一般的天子或近似天子的人都喜欢听人高呼万岁无疆！

除了将要诹吉纳采交换庚帖之外，对于别人的真实年龄根本没有多加探讨的必要。但是我们的习俗，于请教"贵姓""大名""府上"之后，有时就会问起"贵庚""高寿"。有人问我多大年纪，我据实相告"七十八岁了"。他把我上下打量，摇摇头说："不像，不像，很健康的样子，顶多五十。"好像他比我自己知道得更清楚。那是言不由衷的恭维话，我知道，但是他有意无意的提醒了我刚忘记了的人生四苦。能不能不提年龄，说一些别的，如今天天气之类？

女人的年龄是一大禁忌，不许别人问的。有一位女士很旷达，人问其芳龄，她据实以告："三十以上，八十以下。"其实人的年龄不大容易隐密，下一番考证功夫，就能找出线索，虽不中亦不远矣。这样做，除了满足好奇心以外，没有多少意义。可是人就是好奇。有一位男士在咖啡厅里邂逅一位女士，在暗暗的灯光之下他实在摸不清对方的年龄，他用臂肘触了我一下，偷偷的在桌下伸出一只巴掌，戟张着五指，低声问我有没有这个数目，我吓了一跳，以为他要借五万块钱，原来他是打听对方芳龄有无半百。我用四个字回答他："干卿底事？" 有一位道行很高的和尚，涅槃的时候据说有一百好几十岁，考证起来聚讼纷纷，据我看，估量女士的年龄不妨从宽，七折八折优待。计算高僧的年龄也不妨从宽，多加三成五成。

人到了迟暮，如石火风灯，命在须臾，但是仍不喜欢别人预言他的大限。邱吉尔八十岁过生日，一位冒失的新闻记者有意讨好的说："邱吉尔先生，我今天非常高兴，希望我能再来参加你的九十岁的生日宴。" 邱吉尔耸了一下眉毛说："小伙子，我看你身体满健康的，没有理由不能来参加我九十岁的宴会。" 胡适之先生素来善于言辞，有时也不免说溜了嘴，他六十八岁时候来台湾，在一次欢宴中遇到长他十几岁的齐如山先生，没话找话的说："齐先生，我看你活到九十岁决无问题。" 齐先生楞了一下说："我倒有个故事，有一位矍铄老叟，人家恭维他可以活到一百岁，忿然作色曰：'我又不吃你的饭，你为什么限制我的寿数？'" 胡先生急忙道歉："我说错了话。"

生日

生日年年有，而且人人有，所以不稀罕。

谁也不会知道自己的生日是在哪一天。呱呱坠地之时，谁有闲情逸致去看日历？当时大概只是觉得空气凉，肚子饿，谁还管什么生辰八字？自己的生年月日，都是后来听人说的。

其实生日，一生中只能有一次。因为生命只有一条之故。一条命只能生一回死一回。过三百六十五天只能算是活了一周岁。这年头，活一周年当然不是容易事，尤其是已经活了好几十周岁之后，自己的把握越来越小，感觉到地心吸力越来越大，不知哪一天就要结束他的地面上的生活，所以要庆祝一下也是人情之常。古有上寿之礼，无庆生日之礼。

因为生日本身无可庆。西人祝贺之词曰："愿君多过几个快乐的生日。"亦无非是祝寿之意，寿在哪一天祝都是一样。

我们生到世上，全非自愿。佛书以生为十二因缘之一，"从现世善恶之业，后世还于六道四生中受生，是名为生"。稀里糊涂的，神差鬼使的，我们被捉弄到这尘世中来。来的时候，不曾征求我们的同意，将来走的时候，亦不会征求我们的同意。我们是从哪里来的，我们不知道，我们最后到哪里去，我们也不知道。我们所知道的就是这生、老、病、死的一个断片。然而这世界上究竟有的是良辰美景赏心乐事，否则为什么有人老是活不够，甚至要高呼"人生七十才开始"？

到了生日值得欢乐的只有一种人，那就是"万乘之主"。不需要颐指气使，自然有人来山呼万岁，自然有百官上表，自然有人来说什么"一人有庆，兆民赖之"，全不问那个"庆"字是怎么讲法。唐太宗谓长孙无忌曰："今日是朕生日，世俗皆为欢乐，在朕翻为感伤。"做了皇帝还懂得感伤，实在是很难得，具见人性未泯，不愧为明主，虽然我们不太清楚他感伤的是哪一宗。是否踌躇满志之时，顿生今昔之感？在历史上最后一个辉煌的千秋节该是满清慈禧太后六十大庆在颐和园的那一番铺张，可怜"薄海欢腾"之中听到鼙鼓之声动地来了！

田舍翁过生日，唯一的节目是吃，真是实行"鸡猪鱼蒜，逢箸则吃，生老病死，时至则行"的主张，什么都是假的，唯独吃在肚里是便宜。读莲池大师《戒杀文》，开篇就说："一曰生日不宜杀生。哀哀父母，生我劬劳，己身始诞之辰，乃父母垂亡之日也！是日，正宜戒杀，广行善事，以资冥福，使先亡者早获超升，见存者增延福寿，何得顿忘母难，杀害生灵？”虽是荡然仁者之言，但是不合时尚。祝贺生日的人很少有吃下一块覆满蜡油的蛋糕而感到满意的，必须七荤八素地塞满肚皮然后才算礼成。过生日而想到父母，现代人很少有这样的联想力。

下棋

有一种人我最不喜欢和他下棋，那便是太有涵养的人。杀死他一大块，或是抽了他一个车，他神色自若，不动火，不生气，好像是无关痛痒，使得你觉得索然寡味。君子无所争，下棋却是要争的。当你给对方一个严重威胁的时候，对方的头上青筋暴露，黄豆般的汗珠一颗颗地在额上陈列出来，或哭丧着脸作惨笑，或咕嘟着嘴做吃屎状，或抓耳挠腮，或大叫一声，或长吁短叹，或自怨自艾口中念念有词，或一串串地噎嗝打个不休，或红头涨脸如关公，种种现象，不一而足，这时节你“行有余力”便可以点起一支烟，或啜一碗茶，静静地欣赏对方的苦闷的象征。我想猎人追逐一只野兔的时候，其愉快大概略相仿佛。因此我悟出一点道理，和人下棋的时候，如果有机会使对方受窘，当然无所不用其极，如果被对方所窘，便努力作出不介意状，因为既不能积极地给对方以苦痛，只好消极地减少对方的乐趣。

自古博弈并称，全是属于赌的一类，而且只是比“饱食终日无所用心”略胜一筹而已。不过弈虽小术，亦可以观人。相传有慢性人，见对方走当头炮，便左思右想，不知是跳左边的马好，还是跳右边的马好，想了半个钟头而迟迟不决，急得对方拱手认输。是有这样的慢性人，每一着都要考虑，而且是加慢的考虑；我常想这种人如加入龟兔竞赛，也必定可以获胜。也有性急的人，下棋如赛跑，噼噼啪啪，草草了事，这仍就是饱食终日无所用心的一贯作风。下棋不能无争，争的范围有大有小，有斤斤计较而因小失大者，有不拘小节而眼观全局者，有短兵相接作生死斗者，有各自为战而旗鼓相当者，有赶尽杀绝一步不让者，有好勇斗狠同归于尽者，有一面下棋一面诮骂者，但最不幸的是争的范围超出棋盘，而拳足交加。有下象棋者，久而无声响，排闼视之，阒不见人，原来他们是在门后角里扭作一团，一个骑在另一个的身上，在他的口里挖车呢。被挖者不敢出声，出声则口张，口张则车被挖回，挖回则必悔棋，悔棋则不得胜。这种认真的态度憨得可爱。我曾见过二人手谈，起先是坐着，神情潇洒，望之如神仙中人，俄而棋势吃紧，两人都站起来了，剑拔弩张，如斗鹌鹑，最后到了生死关头，两个人跳到桌上去了！

笠翁《闲情偶寄》说弈棋不如观棋，因观者无得失心。观棋是有趣的事，如看斗牛、斗鸡、斗蟋蟀一般，但是观棋也有难过处，观棋不语是一种痛苦。喉间硬是痒得出奇，思一吐为快。看见一个人要入陷阱而不作声是几乎不可能的事，如果说得中肯，其中一个人要厌恨你，暗暗地骂一声“多嘴驴！”另一个人也不感激你，心想：“难道我还不晓得这样走！”如果说得不中肯，两个人要一齐嗤之以鼻，“无见识奴！”如果根本不说，憋在心里，受病。所以有人于挨了一个耳光之后还要抚着热辣辣的嘴巴大呼：“要抽车，要抽车！”

下棋只是为了消遣，其所以能使这样多人嗜此不疲者，是因为它颇合于人类好斗的本能，这是一种“斗智不斗力”的游戏。所以瓜棚豆架之下，与世无争的村夫野老不免一枰相对，消此永昼；闹市茶寮之中，常有有闲阶级的人士下棋消遣，“不为无益之事，何以遣此有涯之生？”宦海里翻过身最后退隐东山的大人先生们，髀肉复生，而英雄无用武之地，也只好闲来对弈，了此残生，下棋全是“剩余精力”的发泄。人总是要斗的，总是要钩心斗角地和人争逐的。与其和人争权夺利，还不如棋盘上多占几个官，与其招摇撞骗，还不如在棋盘上抽上一车。宋人笔记曾载有一段故事：“李讷仆射，性卞急，酷尚弈棋，每下子安详，极于宽缓。往往躁怒作，家人辈则密以弈具陈于前，讷睹，便忻然改容，以取其子布弄，都忘其恚矣。”（《南部新书》）下棋，有没有这样陶冶性情之功，我不敢说，不过有人下起棋来确实是把性命都可置诸度外。我有两个朋友下棋，警报作，不动声色，俄而弹落，棋子被震得盘上跳荡，屋瓦乱飞，其中一位棋瘾较小者变色而起，被对方一把拉住：“你走！那就算是你输了。”此公深得棋中之趣。

洋罪

有些人，大概是觉得生活还不够丰富，于顽固的礼教、愚昧陋俗、野蛮的禁忌之外，还介绍许多外国的风俗习惯，甘心情愿地受那份洋罪。

例如，宴集茶会之类偶然恰是十三人之数，原是稀松平常之事，但往往就有人把事态扩大，认为情形严重，好像人数一到十三，其中必将有谁虽欲“寿终正寝”而不可得的样子。在这种场合，必定有先知先觉者托故逃席，或临时加添一位，打破这个凶数，又好像只要破了十三，其中人人必然“寿终正寝”的样子。对于十三的恐怖，在某种人中间近已颇为流行。据说，它的来源是外国的。耶稣基督被他的使徒犹大所卖，最后晚餐时便是十三人同席。因此十三成为不吉利的数目。在外国，听说不但宴集之类要避免十三，就是旅馆的号数也常以12A来代替十三。

这种近于迷信而且无聊的风俗，移到中国来，则于迷信与无聊之外，还应该加上一个可嗤！

再例如，划火柴给人点纸烟，点到第三人的纸烟时，则必有热心者迫不及待地从旁嘘一口大气，把你的火柴吹熄。一根火柴不准点三支纸烟。据博闻者说，这风俗也是外国的。好像这风俗还不怎样古，就在上次大战的时候，夜晚战壕里的士兵抽烟，如果火柴的亮光延续到能点燃三支纸烟那么久，则敌人的枪弹炮弹必定一齐飞来。这风俗虽“与抗战有关”，但在敌人枪炮射程以外的地方，若不加解释，则仍容易被人目为近于庸人自扰。

又例如，朋辈对饮，常见有碰杯之举，把酒杯碰得咣一声响，然后同时仰着脖子往下灌，咕噜咕噜地灌下去，点头咂嘴，踌躇满志。为什么要碰那一下子呢？这又是外国规矩。据说相当古的时候，而人心即已不古，于揖让酬应之间，就许在酒杯里下毒药，所以主人为表明心迹起见，不得不与客人喝个“交杯酒”，交杯之际，咣的一声是难免的。到后来，去古日远，而人心反倒古起来了，酒杯里下毒药的事情渐不多见，主客对饮只需作交杯状，听那咣当一响，便可以放心大胆地喝酒了。碰杯之起源，大概如此。在“安全第一”的原则之下，喝交杯酒是未可厚非的。如果碰一下杯，能令我们警惕戒惧，不致忘记了以酒肉相饷的人同时也有投毒的可能，而同时酒杯质料相当坚牢不致磕裂碰碎，那么，碰杯的风俗却也不能说是一定要不得。

大概风俗习惯总是慢慢养成，所以能在社会通行。如果生吞活剥地把外国的风俗习惯移植到我们的社会里来，则必窒碍难行，其故在不服水土。讲到这里我也有一个具体的而且极端的例子——

四月一日，打开报纸一看，皇皇启事一则如下：“某某某与某某某今得某某某与某某某先生之介绍及双方家长之同意，订于四月一日在某某处行结婚礼，国难期间一切从简，特此敬告诸亲友。”结婚只是男女两人的事，对别人无关，而别人偏偏最感兴趣。启事一出，好事者奔走相告，更好事者议论纷纷，尤好事者拍电致贺。

四月二日报纸上有更皇皇的启事一则如下：“某某某启事，昨为西俗愚人节，友人某某某先生遂假借名义，代登结婚启事一则以资戏弄，此事概属乌有，诚恐淆乱听闻，特此郑重声明。”好事者嗒然若丧，更好事者引为谈助，尤好事者则去翻查百科全书，寻找万愚节之源起。

四月一日为愚人节，西人相绐以为乐；其是否为陋俗，我们管不着，其是否把终身大事也划在相绐的范围以内，我们亦不得知。我只觉得这种风俗习惯，在我们这国度里，似嫌不合国情。我觉得我们几乎是天天在过愚人节。舞文弄墨之辈，专作欺人之谈，且按下不表，单说市井习见之事，即可见我们平日颇不缺乏相绐之乐。有些店铺高高悬起“言无二价”“童叟无欺”的招牌，这就是反映着一般的诳价欺骗的现象。凡是约期取件的商店，如成衣店、洗衣店、照相馆之类，因爽约而使我们徒劳往返的事是很平常的，然对外国人则不然，与外国人甚少有爽约之事。我想这原因大概就是外国人只有在四月一日那一天才肯以相绐为乐，而在我们则一年三百六十五天，随便哪一天都无妨定为愚人节。

愚人节的风俗，在我个人，并不觉得生疏，我不幸从小就进洋习甚深的学校，到四月一日总有人伪造文书诈欺取乐，而受愚者亦不为忤。现在年事稍长，看破骗局甚多，更觉谑浪取笑无伤大雅。不过一定要仿西人所为，在四月一日这一天把说谎普遍化、合理化，而同时在其余的三百六十多天又并不仿西人所为，仍然随时随地地言而无信互相欺诈，我终觉得大可不必。

外国的风俗习惯永远是有趣的，因为异国情调总是新奇的居多。新奇就有趣。不过若把异国情调生吞活剥地搬到自己家里来，身体力行，则新奇往往变成为桎梏，有趣往往变成为肉麻。基于这种道理，很有些人至今喝茶并不加白糖与牛奶。

鸦片

罂粟是我们早就有的，见《本草纲目》，“阿芙蓉，一名阿片，俗作鸦片，是罂粟花之津液也。”罂粟花十分美丽，花朵很大，有红、白、粉红等色，四瓣或多瓣，花茎有茸毛，叶有锯齿。花苞下垂，花开时则仰举，俯仰多姿，艳冠群芳。其果实内有种子如粟粒，故名。果实未成熟时，划割之则流出白浆如乳汁，煎熬成黑色黏膏，名曰芙蓉膏，即鸦片。可供药用，有止痛安眠之效。在美国，有些家庭院内花圃中偶亦可见罂粟花丛粲然触目。我每驻足赏玩不忍离去。不意如此艳丽之花竟含有如此之剧毒，危害人群如此之深远。

英国人运印度鸦片到广州，始自清初，至道光时而输入大增，终于酿成鸦片战争。战争结束后虽然鸦片依然倾销不已，但是清廷于同光年间亦纵容我内地栽种鸦片。英国输入者谓之洋药，本土生产者谓之土药。而土药之中，以产于云南者为最优，称之为云土，其品质远在北方销行之陕甘土之上，通常压缩成长方形块状，以纸包之，每块约重一斤。

英国人服鸦片者，例如著名文学家德·昆西，著有《一个英国鸦片吸食者的自白》，他不是吸鸦片烟，是吞服鸦片酊。酊是 tincture 的译音，凡药物溶于酒精或其他液体者皆谓之酊。鸦片酊名为 laudanum，食用之法系以数滴鸦片酊滴入水内而吞服之。济慈作《夜莺歌》，所谓“emptied some dull opiate to the drains”，也就是说举杯喝干鸦片酊不留一点渣。这种仰着脖子吞饮的服法当然收镇定之效，也许更有急效，但是未能充分发挥鸦片之徐徐麻醉的愉快的效果。吸鸦片是我们中国人的发明，除了止痛镇定之外还附带着有一套令人心旷神怡的轻松享受。

从前北平（不知别处是否也是如此）缙绅之家没有不备鸦片待客的，客来即延之上炕（或后炕）或短榻，相对横陈，吞烟吐雾一番。全套烟具颇不简单。主要是烟枪，长短粗细各有不同。虽是竹子一根，装饰花样甚多。烟枪的嘴可以是翡翠的，可以是白玉的，可以是玛瑙的。烟枪上面可以包上一层镂刻的银花，也有细针密缝加上一个布套的。通常有一个或大或小的烟盘子，黑漆螺钿，光彩夺目，至少有两根烟枪放在盘里。此外就是烟斗了。烟斗形状不一，方的圆的扁的尖的都有，平常陈列在一个硬木架上，像兔儿爷摊子似的列为三层，至少有一二十个。烟斗安在烟枪上要垫一小块蘸湿了的珠罗纱，用力一拧便可密不透气。再就是烟灯，通常是麻油棉捻，配以或大或小或高或矮的玻璃灯罩。细高的灯罩，吸起来格外响。烟签子，烟罐子，烟灰盒子，清理烟斗的曲钩，通烟枪的通条，还有一把小铜扇子似的用以滚制烟泡的家伙——通通放在烟盘子里。这些物事要揩得锃光大亮，所以往往须有专人料理其事。

由烟土制成烟膏，手续很繁，而且需要在家里自己炮制才有味道。大小红泥火炉摆成阵势，用上好缸炭燃起熊熊烈火，大小红铜锅都是揩得光可鉴人。不能用铁锅，一定要用红铜锅。锅里加水，投入烟土猛煮。煮到相当时候，要随煮随搅，用木质长柄铲来搅。煮成浓汁，倒在一个覆有两整张金高纸的竹笊篱上，那张金高纸要先烤得焦黄，浓汁倒上去才会慢慢的渗漏在下面的瓷钵里。这是第一货。还要再加水煮第二货。煮好也是如法渗漏在第二只瓷钵里。这煮好的鸦片汁，倒在锅里再度熬煮，不停地搅和，直到浓汁越来越浓，变成了膏状，比川贝枇杷膏还要再浓一些，便可以倒在罐里储藏，或是放烟盘子里备用了。这最后一道手续叫作“收膏”。收膏的时候人不能离开锅，火候要拿得稳，要恰到好处，太老太嫩均无是处。煮烟的时候不要忘记加一撮烟灰，然后熬出来的膏才有强烈的刺激力。那用过的金高纸不可丢弃，因为把纸熬煮一下还多少可以得到一点浆汁。抽鸦片的人珍视鸦片，一点也不肯糟踏。

吸抽鸦片又另是一套功夫。一定要躺着抽，短榻不够深，脚底下垫一个凳子，这是标准姿势。先取烟签子在手，一根两根都成，一手一根也行，用签子挑取烟膏，就灯上烧之，烟遇热嘶嘶冒泡，变黄褐色，急入烟缸再裹烟膏，再烧之，如是三数次则烟泡形成，有如小小的蜂巢，在小铜扇上往复滚压使之光平坚固，俟冷却可贮存于玻璃罐内，或趁热安在烟斗口上立即吸食。吸鸦片时，以口就枪嘴，用口吸，其声呼呼轰轰，善吸者能吸出节奏，烟自口入，自鼻孔出，其中一部分当然要在肺里走了一遭。吸时一手持枪，一手持签，斗塞则以签刺之，使之通畅无阻。善吸者不需用签，一口气把一个烟泡完全吸进斗去。一个泡不足，再来一个，视瘾之大小而定。有人连吸三五个面不改色。

吸过烟后不立即起身，一定要躺片刻，闭上眼睛一声不响，这时节会觉得飘飘摇摇，昏昏沉沉，如腾云驾雾，要羽化而登仙。一股麻醉的感觉贯彻了四肢五脏，好像是打通了任督二脉，浑身通泰。然后渐渐醒转过来，伸伸腿挺挺腰，顺手拿起宜兴壶就着嘴喝两口酽茶。微觉胸口有点发热，不妨吃些水果。然后就可以点起一枝香烟或雪茄，和朋友高谈阔论了。说也奇怪，香烟雪茄另是一种刺激，和鸦片是两码子事，不冲突。

吸食鸦片的效果不仅是胃痛腹泻之类的毛病立刻停止，它还能麻醉人的头脑使人忘忧。什么烦恼苦难尴尬羞辱的事情，在鸦片的毒雾熏蒸之下都到九霄云外去了。就是这股令人浑然忘忧，种种痛疼爽然若失的力量，诱使人沉湎在鸦片里面而难以自拔。

抽鸦片的人懒，本来不懒的也会变成懒。懒到自己煮烟烧烟都不肯做。舅爷、姨太太、婢女，甚至于娈童，都是身边伺候鸦片的理想人物。一人抽烟要连累好几个人成为废物。曾见巨贾，店铺奥处辟有精舍，二三娈僮，粉黛妖娇，专为客人奉烟，诗人某，初涉此地，乐不可支，叹为人间仙境，又视为中国文化之最高成就！

凡是毒物，先是令人兴奋，最后陷于麻醉。故在某一阶段必觉意志高扬，潜能毕现。所以伶界人物率皆患有此项嗜好，临上场前过足烟瘾，则精神抖擞。旧式文人亦有染此癖好者，夜深秉笔，非此不能文思泉涌。但是吸烟一旦成瘾，难以摆脱，而且意志消沉，不思振作。有些富贵人家，故意诱使子弟吸烟，令株守家园，不至在外拈花惹草。殊不知家赀不足恃，家道可能中落，纨伦子弟会变成乞儿。我记得一位富家子，烟瘾很深，家败后无以为生，一日来到一位友家门前，鸠形鹄面，衣衫褴褛，涕泣哀求乞讨鸦片少许。告以家中早无此物，他仍哀求不已，他说："求您给我咔嚓咔嚓。"所谓咔嚓是指用曲钩清洁烟斗，将其中之烟渣掏取出来。此种烟渣，名为烟灰，不但在煮烟土时为必需之物，如取少许用水服下，也立能止瘾。可怜烟灰尚未取来，他已瘾发倒地口吐白沫，如患羊痫风。我知道许多小康之家，只因鸦片为祟，把家产整个荡尽。抗战胜利之初，北平烟土价格是一两土抵一两黄金。多少瘾君子不惜典当衣物、家具，拆天棚卖木料，只为了填那烟斗上的无底深渊。最后的结局是家败人亡男盗女娼！贫苦的人民也多不能免于此厄。我参观过一个烟窟，陋巷中重重小门，曲径通幽，忽然进入一间大室。沿墙一排排的短榻，室内烟雾蒙蒙，隐隐约约地看见短榻上各有一具烟灯，微光荧荧，有如鬼火，再细看每个榻上躺着一个人，三分像人七分像鬼，各个瘦得皮包骨，都在"短笛无腔信口吹"。弥尔顿《失乐园》卷一所描写的地狱——

环顾四周，好可怕的一个地窟

像是一个大烘炉；但是那火

没有光，只是一片可辨的黑暗，
刚好可以令人看出种种的惨象，
好一个悲惨阴森的地方，
没有和平与安息，没有人人享有的
希望，只有无穷的煎熬苦痛
不住地袭来，一片火海，
永不熄灭的硫磺火在燃烧。

只有人间地狱的鸦片烟窟差可和这个想象中的地狱相比拟！

鸦片烟是充满了诱惑的。如果是精品，单是那股气味就令人难以抵御。一家煮烟三家香。熬烟膏的时候，一缕异香会荡漾过墙，会令邻人大叫“好香好香啊！”酒后吸之可以解醒，劳累之后吸之可以解乏，寂寞时吸之可以解闷，身体无论哪一部分不舒适，吸之可以觉得飘飘然不药而愈。唯因其如此，过去不知有多少人坠入其陷阱。戒烟很难，硬断（英文所谓 cold turkey），那份罪不好受。只有坚强的意志，逐渐减少吸食的分量，才可以脱离苦海。

大部分年轻人不知道鸦片如何为害，常有人问起我到底鸦片如何抽法。我略知一二，在此一起作答如上述。

谈友谊

朋友居五伦之末，其实朋友是极重要的一伦。所谓友谊实即人与人之间的一种良好的关系，其中包括了解、欣赏、信任、容忍、牺牲等诸多美德。如果以友谊做基础，则其他的各种关系如父子夫妇兄弟之类均可圆满地建立起来。当然父子兄弟是无可选择的永久关系，夫妇虽有选择余地，但一经结合便以不再仳离为原则，而朋友则是有聚有散可合可分的。不过，说穿了，父子夫妇兄弟都是朋友关系，不过形式性质稍有不同罢了。严格地讲，凡是充分具备一个好朋友的条件的人，他一定也是一个好父亲、好儿子、好丈夫、好妻子、好哥哥、好弟弟。反过来亦然。

我们的古圣先贤对于交友一端是甚为注重的。《论语》里面关于交友的话很多。在西方亦是如此。罗马的西塞罗有一篇著名的《论友谊》。法国的蒙田、英国的培根、美国的爱默生，都有论友谊的文章。我觉得近代的作家在这个题目上似乎不大肯费笔墨了。这是不是叔季之世友谊没落的征象呢？我不敢说。

古之所谓“刎颈交”，陈义过高，非常人所能企及。如 Damon 与 Pythias，David 与 Jonathan，怕也只是传说中的美谈罢。就是把友谊的标准降低一些，真正能称得起朋友的还是很难得。试想一想，如有银钱经手的事，你信得过的朋友能有几人？在你蹭蹬失意或疾病患难之中还肯登门拜访乃至雪中送炭的朋友又有几人？你出门在外之际对于你的妻室弱媳肯加照顾而又不照顾得太多者又有几人？再退一步，平素投桃报李，莫逆于心，能维持长久于不坠者，又有几人？总角之交，如无特别利害关系以为维系，恐怕很难在若干年后不变成路人。富兰克林说：“有三个朋友是忠实可靠的——老妻，老狗与现款。”妙的是这三个朋友都不是朋友。倒是亚里士多德的一句话最干脆：“我的朋友们啊！世界上根本没有朋友。”这些话近于愤世嫉俗，事实上世界里还是有朋友的，不过虽然无需打着灯笼去找，却是像沙里淘金而且还需要长时间地洗炼。一旦真铸成了友谊，便会金石同坚，永不退转。

大抵物以类聚，人以群分。臭味相投，方能永以为好。交朋友也讲究门当户对，纵不必像九品中正那么严格，也自然有个界线。“同学少年多不贱，五陵衣马自轻肥”，于“自轻肥”之余还能对着往日的旧友而不把眼睛移到眉毛上边去吗？汉光武容许严子陵把他的大腿压在自己的肚子上，固然是雅量可风，但是严子陵之毅然决然地归隐于富春山，则尤为知趣。朱洪武写信给他的一位朋友说："朱元璋作了皇帝，朱元璋还是朱元璋……。"话自管说得很漂亮，看看他后来之诛戮功臣，也就不免令人心悸。人的身心构造原是一样的，但是一入宦途，可能发生突变。孔子说："无友不如己者。"我想一来只是指品学而言，二来只是说不要结交比自己坏的，并没有说一定要我们去高攀。友谊需要两造，假如双方都想结交比自己好的，那便永远交不起来。

好像是王尔德说过，"一个男人与一个女人之间是不可能有友谊存在的"。就一般而论，这话是对的。因为男女之间如有深厚的友谊，那友谊容易变质，如果不是心心相印，那又算不得是友谊。过犹不及，那分际是难以把握的。忘年交倒是可能的。祢衡年未二十，孔融年已五十，便相交友，这样的例子史不绝书。但似乎是也以同性为限。并且以我所知，忘年交之形成固有赖于兴趣之相近与互相之器赏，但年长的一方面多少需要保持一点童心，年幼的一方面多少需要显着几分老成。老气横秋则令人望而生畏，轻薄儇佻则人且避之若浼。单身的人容易交朋友，因为他的情感无所寄托，漂泊流离之中最需要一个一倾积愫的对象，可是等到他有红袖添香稚子候门的时候，心境便不同了。

"君子之交淡如水"，因为淡所以才能不腻，才能持久。"与朋友交，久而敬之"。敬也就是保持距离，也就是防止过分的亲昵。不过"狎而敬之"是很难的。最要注意的是，友谊不可透支，总要保留几分。Mark Twain 说："神圣的友谊之情，其性质是如此的甜蜜、稳定、忠实、持久，可以终生不渝，如果朋友不开口向你借钱。”这真是慨而言之。朋友本有通财之谊，但这是何等微妙的一件事！世上最难忘的事是借出去的钱，一般认为最倒霉的事又莫过于还钱。一牵涉到钱，恩怨便很难清算得清楚，多少成长中的友谊都被这阿堵物所戕害！

规劝乃是朋友中间应有之义，但是谈何容易。名利场中，沆瀣一气，自己都难以明辨是非，哪有余力规劝别人？而在对方则又良药苦口忠言逆耳，谁又愿意让人批他的逆鳞？规劝不可当着第三者的面前行之，以免伤他的颜面，不可在他情绪不宁时行之，以免逢彼之怒。孔子说：“忠告而善道之，不可则止。”我总以为劝善规过是友谊的消极的作用。友谊之乐是积极的。只有神仙与野兽才喜欢孤独，人是要朋友的。“假如一个人独自升天，看见宇宙的大观，群星的美丽，他并不能感到快乐，他必要找到一个人向他述说他所见的奇景，他才能快乐。”共享快乐，比共受患难，应该是更正常的友谊中的趣味。

雅人雅事

顶高顶白的一垛山墙，太没有意思，太不雅观，我们最好在上面题一首诗。在山清水秀的风景所在，题诗在壁上尤其是一件不可少的举动。然而这是一件雅事只能在我们雅人最多的中国举行。谓余不信，请你环游全球的风景所在，然后再回到我们中国来，比较比较看，什么地方壁上题的诗多。

我说壁上题诗，是雅人雅事。第一题诗非要诗人不可，这一来我们中国人就占便宜，随便张三李四都可以作两首诗。用心一点的，作出诗来有时平仄还可以调。上海街旁告地状的朋友，哪一位不是诗中圣手？他们能够把衷肠积愫千言万语，都编成七个字一句，七个字一句的，不多不少，整整齐齐，这就不容易。他们既能告地状，便可以告墙状。我们中国诗人之多，似乎也就不难想象了。

第二，题诗要求其历久不灭。于是在工具上不能不讲求，我们中国的笔墨再好不过。外国人里也有一两个平仄尚调的诗人，但是一管自来水笔如何能在墙上题诗，诗兴来时只得嘴里哼哼两声了事，所以题壁的雅事不能不让我们中国人独步了。还有，题诗要题在高不可攀、深不可探的地方，才能历久不灭。寺殿上的匾额，我们若能爬上去题上一首五言绝句，别人一定不易拂拭磨灭，说不定这首诗就许传了下来。山谷间的摹崖，谁也不去损伤它，也是最妙的地方。所以题诗要题得满坑满谷，愈奇特的地方愈妙。然而这攀高寻幽的举动，又非雅人不办。

壁上题诗的雅人，最要紧的是胆大。诗的好坏没有大关系，只要能把墙壁上空白的地方补满，便算功德。据说有一位刻薄的人，游某名胜，看看墙上题诗甚多，皆不称意，于是也援笔立题一绝曰："放屁在高墙，如何墙不倒？细看那边时，原来抵住了！"这位先生一定是缺乏鉴赏文学的力量，才做此怪论。题诗雅人，大可不必理他。

天性不近乎诗的人，想来也不少，但是中国的墙壁的空白还有不少，为雅观起见，非要涂满不可的。很多读书识字的人早就有鉴于此，所以往往不题诗而题尊姓大名，并记来游之年月日。我们游赏名胜的时候，借此可以知道时贤足迹所之，或者也可以增加这名胜地方的历史价值，也未可知。所以壁上提名，间接着也是保存名胜的一点意思。

雅人雅事，不止一端，壁上题诗名，还是一件小事。

骂人的艺术

古今中外没有一个不骂人的人。骂人就是有道德观念的意思，因为在骂人的时候，至少在骂人者自己总觉得那人有该骂的地方。何者该骂，何者不该骂，这个抉择的标准，是极道德的。所以根本不骂人，大可不必。骂人是一种发泄感情的方法，尤其是那一种怨怒的感情。想骂人的时候而不骂，时常在身体上弄出毛病，所以想骂人时，骂骂何妨。

但是，骂人是一种高深的学问，不是人人都可以随便试的。有因为骂人挨嘴巴的，有因为骂人吃官司的，有因为骂人反被人骂的，这都是不会骂人的缘故。今以研究所得，公诸同好，或可为骂人时之一助乎？

一、知己知彼

骂人是和动手打架一样的，你如其敢打人一拳，你先要自己忖度下，你吃得起别人的一拳否。这叫作知己知彼。骂人也是一样。譬如你骂他是“屈死”，你先要反省，自己和“屈死”有无分别。你骂别人荒唐，你自己想想曾否吃喝嫖赌。否则别人回敬你一两句，你就受不了。所以别人有着某种短处，而足下也正有同病，那么你在骂他的时候只得割爱。

二、无骂不如己者

要骂人须要挑比你大一点的人物，比你漂亮一点的或者比你坏得万倍而比你得势的人物。总之，你要骂人，那人无论在好的一方面或坏的一方面都要能胜过你，你才不吃亏的。你骂大人物，就怕他不理你，他一回骂，你就算骂着了。在坏的一方面胜过你的，你骂他就如教训一般，他即便回骂，一般人仍不会理会他的。假如你骂一个无关痛痒的人，你越骂他他越得意，时常可以把一个无名小卒骂出名了，你看冤与不冤？

三、适可而止

骂大人物骂到他回骂的时候，便不可再骂；再骂则一般人对你必无同情，以为你是无理取闹。骂小人物骂到他不能回骂的时候，便不可再骂；再骂下去则一般人对你也必无同情，以为你是欺负弱者。

四、旁敲侧击

他偷东西，你骂他是贼；他抢东西，你骂他是盗，这是笨伯。骂人必须先明虚实掩映之法，须要烘托旁衬，旁敲侧击，于要紧处只一语便得，所谓杀人于咽喉处着刀。越要骂他你越要原谅他，即便说些恭维话亦不为过，这样的骂法才能显得你所骂的句句真实确凿，让旁人看起来也可见得你的度量。

五、态度镇定

骂人最忌浮躁。一语不合，面红筋跳，暴躁如雷，此灌夫骂座，泼妇骂街之术，不足以骂人。善骂者必须态度镇静，行若无事。普通一般骂人，谁的声音高便算谁占理，谁来得势猛便算谁骂赢，唯真善骂人者，乃能避其锋而击其懈。你等他骂得疲倦的时候，你只消轻轻地回敬他一句，让他再狂吼一阵。在他暴躁不堪的时候，你不妨对他冷笑几声，包管你不费力气，把他气得死去活来，骂得他针针见血。

六、出言典雅

骂人要骂得微妙含蓄，你骂他一句要使他不甚觉得是骂，等到想过一遍才慢慢觉悟这句话不是好话，让他笑着的面孔由白而红，由红而紫，由紫而灰，这才是骂人的上乘。欲达到此种目的，深刻之用词故不可少，而典雅之言词尤为重要。言词典雅则可使听者不致刺耳。如要骂人骂得典雅，则首先要在骂时万万别提起女人身上的某一部分，万万不要涉及生理学范围。骂人一骂到生理学范围以内，底下再有什么话都不好说了。譬如你骂某甲，千万别提起他的令堂令妹。因为那样一来，便无是非可言，并且你自己也不免有令堂令妹，他若回敬起来，岂非势均力敌，半斤八两？再者骂人的时候，最好不要加人以种种难堪的名词，称呼起来总要客气，即使他是极卑鄙的小人，你也不妨称他先生，越客气，越骂得有力量。骂的时节最好引用他自己的词句，这不但可以使他难堪，还可以减轻他对你骂的力量。俗话少用，因为俗话一览无遗，不若典雅古文曲折含蓄。

七、以退为进

两人对骂，而自己亦有理屈之处，则处于开骂伊始，特宜注意，最好是毅然将自己理屈之处完全承认下来，即使道歉认错均不妨事。先把自己理屈之处轻轻遮掩过去，然后你再重整旗鼓，咄咄逼人，方可无后顾之忧。即使自己没有理屈的地方，也绝不可自行夸张，务必要谦逊不遑，把自己的位置降到一个不可再降的位置，然后骂起人来，自有一种公正光明的态度。否则你骂他一两句，他便以你个人的事反唇相讥，一场对骂，会变成两人私下口角，是非曲直，无从判断。所以骂人者自己要低声下气，此所谓以退为进。

八、预设埋伏

你把这句话骂过去，你便要想想看，他将用什么话骂回来。有眼光的骂人者，便处处留神，或是先将他要骂你的话替他说出来，或是预先安设埋伏，令他骂回来的话失去效力。他骂你的话，你替他说出来，这便等于缴了他的械一般。预设埋伏，便是在要攻击你的地方，你先轻轻地安下话根，然后他骂过来就等于枪弹打在沙包上，不能中伤。

九、小题大做

如对方有该骂之处，而题目过小，不值一骂，或你所知不多，不足一骂，那时节你便可用小题大做的方法，来扩大题目。先用诚恳而怀疑的态度引申对方的意思，由不紧要之点引到大题目上去，处处用严谨的逻辑逼他说出不逻辑的话来，或是逼他说出合于逻辑但不合乎理的话来，然后你再大举骂他，骂到体无完肤为止，而原来惹动你的小题目，轻轻一提便了。

十、远交近攻

一个时侯，只能骂一个人，或一种人，或一派人。绝不宜多树敌。所以骂人的时侯，万勿连累旁人，即使必须牵涉多人，你也要表示好意，否则回骂之声纷至沓来，使你无从应付。

骂人的艺术，一时所能想起来的有上面十条，信手拈来，并无条理。我做此文的用意，是助人骂人。同时也是想把骂人的技术揭破一点，供爱骂人者参考。挨骂的人看看，骂人的心理原来是这样的，也算是揭破一张黑幕给你瞧瞧！

第四辑 / 住家闲人

艺术与自然本是相对的名词，凡艺术皆是人为，盆景如从前妇人之缠足，缠得趾骨弯折，以成为三寸金莲，我欣赏盆景之余，真想将其移之于大地，任其自然生长。

风水

何谓风水？相传郭璞所撰《葬书》说："葬者乘生气也……经曰，气乘风则散，界水则止……古人聚之使不散，行之使有止，故谓之风水。"这话好像等于没说。揣摩其意，大概是说，丧葬之地需要注意其地势环境，尽可能地要找一块令人满意的地方。至于什么"气乘风则散，界水则止"，就有点近于玄虚，人死则气绝，还有什么气散气止之可说？

葬地最好是在比较高亢的地方，因为低隰的地方容易积水，对于死者骸骨不利；如果地势开阔爽朗，作为阴宅，子孙看着也会觉得心安。这都是可以理解的。不过一定要寻龙探脉，找什么"生龙口"，那就未免太难。堪舆家所谓的各种各样的穴形，诸如"五星伴月形""双燕抱梁形""游龙戏水形""美女献花形""金凤朝阳形""乌鸦归巢形""猛虎擒羊形”“骑马斩关形”……无穷无尽的藏风聚气的吉穴之形，堪舆家说得头头是道，美不可言。我们肉眼凡胎，不谙青乌之术，很难理解，只好姑妄听之。更有所谓“阴刀出鞘形”者，就似乎是想入非非了。

吉穴的形势何以能影响到后代子孙的发旺富贵，这道理不容易解释。历来学者有许多对于风水之说抱怀疑态度。《张子全书》：“葬法有风水山岗，此全无义理。”全无义理，就是胡说八道之意。司马光《葬论》：“孝经云：‘卜其宅兆。’……非若阴阳家相其山冈风水也。”他也是一口否定了风水的说法。可是多少年来一般民众卜葬尊亲，很少不请教堪舆家的，好像不是为死者求福，而是为后人的富贵着想。活人还想讨死人的便宜。死人有剩余价值，他的墓地风水还能给活人以福祉灾殃！“不得三尺土，子孙永代苦。”真有这种事吗？

有人仕途得意，历经宦海风波，而保持官职如故，人讽之为五朝元老，彼亦欣然以长乐老为荣。或问其术安在，答曰：“祖坟风水佳耳。”后来失势，狼狈去官，则又曰：“听说祖坟上有一棵大树如盖，乃风水所系，被人砍去，遂至如此。”不曰富贵在天，乃云富贵在地！在一棵树！

人做了皇帝，都以为是子孙万世之业，并且也知道自古没有万岁天子，所以通常在位时就兴建陵寝。风水之佳，规模之大，当然不在话下。我曾路过咸阳，向导遥指一座高高大大的土丘说：“那就是秦始皇墓。”我当然看不出那地方风水有什么异样，我只知道他的帝祚不永，二世而斩。近年他的坟墓也被掘得七零八落了。陵寝有再好不过的风水、也自身难保，还管得了他的孝子贤孙变成为漂萍断梗？近如清朝的慈禧太后，活的时候营建颐和园，造孽还不够，陵寝也造得坚固异常，然而曾几何时禁不住孙殿英的火药炮轰，落得尸骨狼藉。或曰："这怪不得风水，这是气数已尽。"既讲风水，又说气数，真是横说横有理，竖说竖有理。

阴宅讲风水，阳宅焉能不讲？民间最起码的风水常识是大门要开在左方。《礼记·曲礼上》："行，前朱鸟而后玄武，左青龙而右白虎。"其实这是说行军时旌旗的位置。后来道家思想才以青龙为最贵之神，白虎为凶神。门开在右手则犯冲了太岁。迄今一般住宅的大门(如果有大门)都是开在左方的。大家既然尚左，成了习俗，我们也就不妨从众。我曾见有些人家，重建大门，改成斜的，是真所谓"斜门"！吉凶祸福，原因错综复杂，岂是两扇大门的位置方向所能左右？车靠左边走，车靠右边行，同样地会出车祸。

不知道为什么别人家的山墙房脊冲着我家就于我不利，普通的禳避之法是悬起一面镜子，把迎面而来的凶煞之气轻而易举的反照回去，让对方自己去受用。如果镜子上再画上八卦，则更有除邪压胜的效力。太上老君、诸葛孔明和捉鬼的道士不都是穿八卦衣吗？

据说都市和住宅的地形也事关风水，不可等闲视之。《朱子语录》："古今建都之地，莫过于冀，所谓无风以散之，有水以界之也。"可是看看那些建都之地，所谓的王气也都没有能延长多久，徒令后人兴起铜驼荆棘之感。北平城墙不是完全方方正正的，西北角和东南角都各缺一块，据说是像"天塌西北地陷东南"，谁也不知道这究竟起了什么作用。只知道如今城墙被拆除了。住宅的地形如果是长方形，前面宽而后面窄，据说不仅是没有裕后之象，而且形似棺木，凶。前些年我就住过这样的一栋房子，住了七年，没事。先我居住此房者，和在我以后迁入者，均奄忽而殁，这有什么稀奇，人孰无死？有一位朋友，其家背山面水，风景奇佳，一日大雨山崩，人与屋俱埋于泥沙之中，死生有命，非关风水。

近来新官上任，从不修衙，那张办公桌子却要摆来摆去，斟酌再三，总要摆出一个大吉大利的阵势。一般人家安设床铺也要考虑，大概面西就不大好，怕的是一路归西。西方本是极乐世界所在，并非恶地。床无论面向何方，人总是一路往西行的。

客有问于余者曰："先生寓所，风水何如？"我告诉他，我住的地方前后左右都是高楼大厦，我好像是藏身谷底，终日面壁，罕见阳光，虽然台风吹来，亦不大有所感受，还说什么风水？出门则百尺以内，有理发馆六七处，餐厅二十多家，车龙马水，闹闹哄哄，还说什么风水？自求多福，如是而已。

广告

从前旧式商家讲究货真价实，一旦做出了名，口碑载道，自然生意鼎盛，无需大吹大擂，广事招徕。北平同仁堂乐家老铺，小小的几间门面，比街道的地面还低矮两尺，小小的一块匾，没有高擎的“丸散膏丹道地药材”的大招牌，可是每天一开门就是顾客盈门，里三层外三层，真是挤得水泄不通（那时候还没有所谓排队之说）。没人能冒用同仁堂的名义，同仁堂只此一家，别无分店，要抓药就要到大栅栏去挤。

这种情形不独同仁堂一家为然。买服装衣料就到瑞蚨祥，买茶叶就到东鸿记、西鸿记，准没有错。买酱羊肉到月盛斋，去晚了买不着。买酱菜到六必居，也许是严嵩的那块匾引人。吃螃蟹、涮羊肉就到正阳楼，吃烤牛肉就要照顾安儿胡同老五，喝酸梅汤要去信远斋。他们都不在报纸上登广告，不派人撒传单。大家心里都有数。做买卖的规规矩矩做买卖，他们不想发大财，照顾主儿也老老实实地做照顾主儿，他们不想试新奇。

但是时代变了，谁也没有办法教它不变。先是在前门大街信昌洋行楼上竖起“仁丹”大广告牌，好像那翘胡子的人头还不够惹人厌，再加上夸大其词的“起死回生”的标语。犹嫌招摇不够尽兴，再补上一个由一群叫花子组成的乐队，吹吹打打，穿行市街。仁丹是还不错，可是日本人那一套宣传伎俩，我觉得太讨厌了。

由西直门通往万寿山那一条大道，中间黄土铺路，经常有清道夫一勺一勺地泼水，两边是大石板路，供大排子车使用，边上种植高大的柳树，古道垂杨，夹道飘拂，颇为壮观可喜。不知从哪一天起，路边转弯处立起了一两丈高的大木牌，强盗牌的香烟，大联珠牌的香烟，如雨后春笋出现了。我每星期周末在这大道上来往一回，只觉得那广告生了破坏景观之效，附带着还惹人厌。我不吸烟，到了吸烟的年龄我也自知选择，谁也不会被一个广告牌子所左右。

坐火车到上海，沿途看见“百龄机”的广告牌子，除了三个大字之外还有一行小字“有意想不到之效力”。到底那百龄机是什么东西，有什么意想不到的效力，谁也说不清，就这样糊里糊涂地发生了广告效果，不少人盲从附和。小说月报东方杂志也出现了“红色补丸”的广告，画的是一个佝偻着腰的老人，手扶着胯，旁边注着“图中寓意”四个字。寓什么意？补丸而可以用颜色为名，我只知道明末三大案，皇帝吃了红丸而暴崩。

这些都还是广告术的初期亮相。尔后广告方式，日新月异，无孔不入，大有泛滥成灾之势。广告成了工商业的出品成本之重要项目。

报纸刊登广告，是天经地义。人民大众利用刊登广告的办法，可以警告逃妻，可以凤求凰或凰求凤，可以叫卖价格低廉而美轮美奂的琼楼玉宇，可以报失，可以道歉，可以鸣谢救火，可以感谢良医，可以宣扬仙药，可以贺人结婚，可以贺人家的儿子得博士学位，可以一大排一大排讣告同一某某董事长的死讯，可以公开诉愿喊冤，可以公开歌功颂德，可以宣告为某某举办冥寿，可以公告拒绝往来户，可以揭露各种考试的金榜，可以……不胜枚举。我的感想是：广告太多了，时常把新闻挤得局处一隅。有些广告其实是浪费，除了给报馆增加收益之外，不免令读者报以冷眼，甚或嗤之以鼻。同时广告所占篇幅有时也太大了，其实整版整页的大广告吓不倒人。外国的报纸，不限张数，广告更多，平常每日出好几十张，星期日甚至好几百页，报僮暗暗叫苦，收垃圾的人也吃不消。我国的报纸好像情形好些，广告再多也是在那三大张之内，然而已经令人感到泛滥成灾了。

杂志非广告不能维持，其中广告客户不少是人情应酬，并非心甘情愿送上门来，可是也有声望素著的大刊物，一向以不登载广告为傲，也禁不住经济考虑而大开广告之门。我们不反对刊物登载广告，只是登载广告的方式值得研究。有些杂志的广告部分特别选用重磅的厚纸，彩色精印，有喧宾夺主之势，更有鱼目混珠之嫌。有人对我说，这样的刊物到他手里，对不起，他时常先把广告部分尽可能的撕除净尽，然后再捧而读之。我说他做得过分，辜负了广告客户的好意，他说为了自卫，情非得已。他又说，利用邮递投送广告函的，他也是一律原封投入字纸篓里，他没有工夫看。

我不懂为什么大街小巷有那么多的搬家小广告到处乱贴，墙上、楼梯边、电梯内，满坑满谷。没有地址，只具电话号码。粘贴得还十分结实，洗刷也不容易。更有高手大概会飞檐走壁，能在大厦二三丈高处的壁上张贴。听说取缔过一阵，但是野火烧不尽春风吹又生了。

有吉房招租的人，其心情之急是可以理解的。在报纸上登个分类小广告也就可以了，何必写红纸条子到处乱贴。我最近看到这样的大张红纸条子贴在路旁邮箱上了。显然有人去撕，但是撕不掉，经过多日雨淋才脱落一部分，现在还剩有斑驳的纸痕留在邮箱上！

电视上的广告更不必说，天下没有白吃的午餐，没有广告哪里能有节目可看？可是那些广告逼人而来，真煞风景。我不想买大厦房子，我也没有香港脚，我更不打算进补，可是那些广告偏来呶呶不休，有时还重复一遍。有人看电视，一见广告上映，登时闭上眼睛养神，我没有这样本领，我一闭眼就真个睡着了。我应变的办法是只看没有广告的一段短短的节目，广告一来我就关掉它。这样做，我想对自己没有多大损失。

早起打开报纸，触目烦心的是广告，广告；出去散步映入眼帘的又是广告，广告；午后绿衣人来投送的也多是广告，广告；晚上打开电视仍然少不了广告，广告。每日生活被广告折磨得够苦，要想六根清净，看来颇不容易。

推销术

一位朋友在美国旅行，坐在火车上昏昏欲睡，蓦然觉得肘边一触，发现在椅子上扶手的地方有一张小纸，纸上有十几颗油炸花生，鲜红的、油汪汪的，撒着盐粒的，油炸花生。这是哪里来的呢？他回头一看，有一位身材高大的人端着一盘油炸花生刚刚走过去，他手里拿着一把银匙，他给每人面前放下一张纸，然后挖一勺花生。我的朋友是刚刚入境，尚未入俗，觉得好生奇怪，不知这个人是做什么的。是卖花生的吗？我既没有要买，他也并未要钱。只见他把花生定量配发以后，就匆匆地到另外一个车厢里去了。花生是富于诱惑性的，人在无聊的时候谁忍得住不捏一颗花生往口里送？既送进一颗之后，把馋虫逗起来了，谁忍得住不再拿第二颗？什么东西都好抵抗，唯独诱惑最难抵抗。车上的客人都在嚅动着嘴巴嚼花生了。我的朋友也随着大家吃起来了。十几颗花生是禁不住几嚼的。霎时间，花生吃完了。可是肚子里不答应，嘴里也闹得慌，比当初不吃还难受。正在这难熬的当儿，那个大高个儿又来了，这一回他是提着一个大篮子，里面是一袋一袋的炸花生，两角钱一袋。旅客几乎没有不买一两袋的。吃过十几颗而不再买的也有，那大个子也只对他微微一笑，走过去了，原来起先配发的十几颗是样品，不取值。好精明的推销术！

我的朋友说，还有比这更霸道的。在家里住得好好的，忽然邮差送来一个小小的包裹，打开一看是肥皂公司寄来的两块肥皂，附着一封信，挺客气，恭维你一大顿，说只有你才配用这样超等的肥皂，这种肥皂如果和脸一接触，那感觉就比和任何别种东西接触都来得更为浑身通泰，临完是祝你一家子康健。我的朋友愣住了，问太太，问小姐，谁也没有要买他的肥皂。已经寄来了，就捆着吧。过了很久，也没有下文，不知是在哪一天也就拉扯着用了。也说不上好坏，反正可以起白沫子下油泥就是了。可是两块肥皂刚用完，信来了，问你要订购多少块，每块五角。我的朋友置之不理。过些天第三封信来了，这一回措辞还很客气，可是骨子里有点硬了，他问你为什么缘故不订购他的肥皂，是为了价钱贵么，是为了香气不够么，是为了硬度不合么，是为了颜色不美么……列举了一串理由，要你在那小方格里打个记号，活像是民意测验。我的朋友火了，把测验纸放进应该放进的地方去，骂了一句美国式的国骂。又过了不久，第四封信来了，措辞还是很谦逊，说是偿付那两块肥皂的价钱，便彼此两清了，人的耐性是有限度的，谁的耐性小谁算是输了。我的朋友赌气寄一元钱去，其怪遂绝。

据说某一医生也同样地收到这样的肥皂两块，也接到了四封啰嗦的信，他的应付方法是寄一小包药片给他也恭维他一大顿，说只有阁下您才配吃这样的妙药，也问他要订购多少瓶。也问他为什么不满意，最后也是索价一元，但是毋庸寄钱了，彼此抵消，两清。

这样的情形，在我们国内不易发生。谁舍得把一勺勺花生或一块块肥皂白白地当样品送出去？既送出之后，谁能再收回成本？我们是最现实的，得到一点点便宜之后，绝不会再吐出来的。

可是我们也有我们传统的推销术。我们自古以来就讲究“良贾深藏若虚”。这是以退为进，以柔克刚的老法宝。我有一票货，无须大吹大擂，不必雇一队洋吹鼓手游街，亦无须都倒翻出来摆在玻璃窗里开展览会，更不花冤钱登广告，我干脆不推销，死等着顾客自己上门。买卖做得硬气，门口标明“只此一家，别无分店”，连分店都不肯设。多么倔！但是货出了名，自然有人上门，有人几百里跑来买东西。不推销反成为最好的推销术。

这样不推销的推销术，在北平最合适。北平有些店铺，主顾上门，不但不急着兜揽生意，而且于客气之中还离有生疏之意。例如书店，进得店门，四壁图书虽然塞得满满的，但尽是些普通书籍，你若同他有什么好书，他说没有什么，你说随便看看，他说请看请看。结果是你什么好书也看不见。但是你若去过几次，做成几回生意，情形就不同了，他会请你到里柜坐，再过些时请到后柜坐，登堂入室之后，箱子里的好书善本陆陆续续地都拿出来了。宋版的、元椠的，琳琅满目，还小声地嘱咐你，不要对外人说。于生意之外，还套着交情。

水果店也有类似的情形。你别看外面红红绿绿地摆着一大堆，有好的也有坏的，顶好的一路却在后面筐里藏着呢！你若不开口要看后面藏着的货色，他绝不给你看。后面筐里，盖着一张张绵纸，揭开一看，全是没有渣儿的上等货。

这种"深藏若虚"的推销术有它存在的理由。货物并非大量生产，所以无须急于到处推销。如果宋版书一印刷就是几万份，也得放在地摊上一折八扣。如果莱阳梨、肥城桃大批运到北平，也不能一声不响地藏在后柜。而且社会相当稳定，买东西的人是固定的那么些个人，今年上门明年一定还来，几十年下来不能有什么大的变动。所以，小至酸梅汤、酱羊肉、茯苓饼、灌肠、薄脆、豆腐脑，都有一定的标准店铺，口碑相传，绝无错误。如今时代不同了，人口在流动。家族在崩析，到处都像是个码头，今年不知明年事，所以商店的推销术也起了急剧的变化。就是在北平，你看，杂货店开张也要有两位小姐剪彩，油盐店也要装置大号的收音机，饭馆也要装霓虹招牌，满街上奇形怪状的广告，不是欢迎参观，就是敬请比较，不是货涌如山，就是拼命削价，唯恐主顾不上门——只欠门口再站两个彪形大汉，见人就往里拉！

客

“只有上帝和野兽才喜欢孤独。”上帝吾不得而知之，至于野兽，则据说成群结党者多，真正孤独者少。我们凡人，如果身心健全，大概没有不好客的。以喜欢幽独著名的 Thoureau 在树林里也给来客安排得舒舒帖帖。我常幻想着“风雨故人来”的境界，在风飒飒雨霏霏的时候，心情枯寂百无聊赖，忽然有客款扉，把握言欢，莫逆于心，来客不必如何风雅，但至少第一不谈物价升降，第二不谈宦海浮沉，第三不劝我保险，第四不劝我信教，乘兴而来，兴尽即返，这真是人生一乐。但是我们为客所苦的时候也颇不少。

很少的人家有门房，更少的人家有拒人千里之外的阍者，门禁既不森严，来客当然无阻，所以私人居处，等于日夜开放。有时主人方在厕上，客人已经升堂入室，回避不及，应接无术，主人鞠躬如也，客人呆若木鸡。有时主人方在用饭，而高轩贲止，便不能不效周公之“一饭三吐哺”，但是来客并无归心，只好等送客出门之后再补充些残羹剩饭。有时主人已经就枕，而不能不倒屣相迎。一天二十四小时之内，不知客人何时入侵，主动在客，防不胜防。

在西洋所谓客者是很稀罕的东西。因为他们办公有办公的地点，娱乐有娱乐的场所，住家专做住家之用。我们的风俗稍为不同一些。办公打牌吃茶聊天都可以在人家的客厅里随时举行的。主人既不能在座位上遍置针毡，客人便常有如归之乐。从前官场习惯，有所谓端茶送客之说，主人觉得客人应该告退的时候，便举起盖碗请茶，那时节一位训练有素的豪仆在旁一眼瞥见，便大叫一声“送客！”另有人把门帘高高打起，客人除了告辞之外，别无他法。可惜这种经济时间的良好习俗，今已不复存在，而且这种办法也只限于官场，如果我在我的小小客厅之内端起茶碗，由荆妻稚子在旁嘤然一声“送客”，我想客人会要疑心我一家都发疯了。

客人久坐不去，驱禳至为不易。如果你枯坐不语，他也许发表长篇独白，像个垃圾口袋一样，一碰就泄出一大堆，也许一根一根的纸烟不断地吸着，静听挂钟嘀嗒嘀嗒地响。如果你暗示你有事要走，他也许表示愿意陪你一道走。如果你问他有无其他的事情见教，他也许干脆告诉你来此只为闲聊天。如果你表示正在为了什么事情忙，他会劝你多休息下。如果你一遍一遍地给他斟茶，他也许就一碗一碗地喝下去而连声说

"主人别客气"。乡间迷信，恶客盘踞不去时，家人可在门后置一扫帚，用针频频刺之，客人便会觉得有刺股之痛，坐立不安而去。此法有人曾经实验，据云无效。

"茶，泡茶，泡好茶；坐，请坐，请上坐。"出家人犹如此势利，在家人更可想而知。但是为了常遭客灾的主人设想，茶与座二者常常因客而异，盖亦有说，夙好牛饮之客，自不便奉以"水仙""云雾"，而精研茶经之士，又断不肯尝试那"高末""茶砖"。茶卤加开水，浑浑满满一大盅，上而泛着白沫如啤酒，或漂着油彩如汽油，这固然令人恶心，但是如果名茶一盏，而客人并不欣赏，轻咂一口，盅缘上并不留下芬芳，留之无用，弃之可惜，这也是非常讨厌之事。所以客人常被分为若干流品，有能启用平素主人自己舍不得饮用的好茶者；有能享受主人自己日常享受的中上茶者，有能大量取用茶卤冲开水者，飨以"玻璃"者是为未入流。至于座处，自以直入主人的书房绣闼者为上宾，因为屋内零星物件必定甚多，而主人略无防闲之意，于亲密之中尚含有若干敬意，作客至此，毫无遗憾；次焉者廊前檐下随处接见，所谓班荆道故，了无痕迹；最下者则肃入客厅，屋内只有桌椅板凳，别无长物，主人着长袍而出，寒暄就座，主客均客气之至。在厨房后门伫立而谈者是为未入流。我想此种差别待遇，是无可如何之事，我不相信孟尝门客三千而待遇平等。

人是永远不知足的。无客时嫌岑寂，有客时嫌烦嚣，客走后扫地抹桌又另有一番冷落空虚之感。问题的症结全在于客的素质。如果素质好，则未来时想他来，既来了想他不走，既走想他再来；如果素质不好，未来时怕他来，既来了怕他不走，既走怕他再来。虽说物以类聚，但不速之客甚难预防。“夜半待客客不至，闲敲棋子落灯花”，那种境界我觉得最足令人低回。

吸烟

烟，也就是菸，译音曰淡巴菰。这种毒草，原产于中南美洲，遍传世界各地。到明朝，才传进中士。利马窦在明万历年间以鼻烟入贡，后来鼻烟就风靡了朝野。在欧洲，鼻烟是放在精美的小盒里，随身携带。吸时，以指端蘸鼻烟少许，向鼻孔一抹，猛吸之，怡然自得。我幼时常见我祖父辈的朋友不时的在鼻孔处抹鼻烟，抹得鼻孔和上唇都染上焦黄的颜色。据说能明目祛疾，谁知道？我祖父不吸鼻烟，可是备有“十三太保”，十二个小瓶环绕一个大瓶，瓶口紧包着一块黄褐色的布，各瓶品味不同，放在一个圆盘里，捧献在客人面前。我们中国人比欧人考究，随身携带鼻烟壶，玉的、翠的、玛瑙的、水晶的，精雕细镂，形状百出。有的山水图画是从透明的壶里面画的，真是鬼斧神工，不知是如何下笔的。壶有盖，盖下有小勺匙，以勺匙取鼻烟置一小玉垫上，然后用指端蘸而吸之。我家藏鼻烟壶数十，丧乱中只带出了一个翡翠盖的白玉壶，里面还存了小半壶鼻烟，百余年后，烈味未除，试嗅一小勺，立刻连打喷嚏不能止。

我祖父抽旱烟，一尺多长的烟管，翡翠的烟嘴，白铜的烟袋锅（烟袋锅子是塾师敲打学生脑壳的利器，有过经验的人不会忘记）著名的关东烟的烟叶子贮在一个绣花的红缎子葫芦形的荷包里。有些旱烟管四五尺长，若要点燃烟袋锅子里的烟草，则人非长臂猿，相当吃力，一时无人伺候则只好自己画一根火柴插在烟袋锅里，然后急速掉过头来抽吸。普通的旱烟管不那样长，那样长的不容易清洗。烟袋锅子里积的烟油，常用以塞进壁虎的嘴巴置之于死地。

我祖母抽水烟。水烟袋仿自阿拉伯人的水烟筒（hookah），不过我们中国制造的白铜水烟袋，形状乖巧得多。每天需要上下抖动的冲洗，呱啦呱啦地响。有一种特制的烟丝，兰州产，比较柔软。用表心纸揉纸煤儿，常是动员大人孩子一齐动手，成为一种乐事。经常保持一两只水烟袋做敬客之用。我记得每逢家里有病人，延请名医周立桐来看病，这位飘着胡须的老者总是昂首登堂直就后炕的上座，这时候送上盖碗茶和水烟袋，老人拿起水烟袋，装上烟草，“突”的一声吹燃了纸煤儿，呼噜呼噜抽上三两口，然后抽出烟袋管，把里面烧过的烟烬吹落在他自己的手心里，再投入面前的痰盂，而且投得准。这一套手法干净利落。抽过三五袋之后，呷一口茶，才开始说话：“怎么？又是哪一位不舒服啦？”每次如此，活龙活现。

我父亲是饭后照例一支雪茄，随时补充纸烟，纸烟的铁罐打开来，“嗞”的一声响，先在里面的纸签上写启用的日期，借以察考每日消耗数量不使过高。雪茄形似飞艇，尖端上打个洞，叼在嘴里真不雅观，可是气味芬芳。纸烟中高级者都是舶来品，中下级者如强盗牌在民初左右风行一时，稍后如白锡包、粉包、国产的联珠、前门等等，皆为一般人所乐用。就中以粉包为特受欢迎的一种，因其烟支之粗细松紧正合吸海洛因者打“高射炮”之用。儿童最喜欢收集纸烟包中附置的彩色画片。好像是前门牌吧，附置的画片是《水浒传》一百零八条好汉的画像，如有人能搜集全套，可得什么什么的奖品，一时儿童们趋之若鹜。可怜那些热心的收集者，枉费心机，等了多久多久，那位及时雨宋公明就是不肯亮相！是否有人集得全套，只有天知道了。

常言道，“烟酒不分家”，抽烟的人总是桌上放一罐烟，客来则敬烟，这是最起码的礼貌。可是到了抗战时期，这情形稍有改变。在后方，物资艰难，只有特殊人物才能从怀里掏出“幸运”“骆驼”“三五”“毛利斯”在侪辈面前炫耀一番，只有豪门仕女才能双指夹着一支细长的红嘴的“法蒂玛”忸怩作态。一般人吸的是“双喜”，等而下之的便要数“狗屁牌”（Cupid）香烟了。这亵渎爱神名义的纸烟，气味如何自不待言，奇的是卷烟纸上有涂抹不匀的硝，吸的时候会像儿童玩的烟火“滴滴金”噼噼啪啪地作响、冒火星，令人吓一跳。饶是烟质不美，瘾君子还是不可一日无此君，而且通常是人各一包深藏在衣袋里面，不愿人知是何品牌，要吸时便伸手入袋，暗中摸索，然后突地抽出一支，点燃之后自得其乐。一听烟放在桌上任人取吸，那种场面不可复见。直到如今，大家元气稍复，敬烟之事已很寻常，但是开放式的一罐香烟经常放在桌上，仍不多见。

我吸纸烟始自留学时期，独身在外，无人禁制，而天涯羁旅，心绪如麻，看见别人吞云吐雾，自己也就效颦起来。此后若干年，由一日一包，而一日两包，而一日一听。约在二十年前，有一天心血来潮，我想试一试自己有多少克己的力量，不妨先从戒烟做起。马克·吐温说过："戒烟是很容易的事，我一生戒过好几十次了。"我没有选择黄道吉日，也没有诹访室人，闷声不响地把剩余的纸烟一股脑儿丢在垃圾堆里，留下烟嘴、烟斗、烟包、打火机，以后分别赠给别人，只是烟灰缸没有抛弃。"冷火鸡"的戒烟法不大好受，一时间手足失措，六神无主，但是工作实在太忙，要发烟瘾没得工夫，实在熬不过就吃一块巧克力。巧克力尚未吃完一盒，又实在腻歪，于是把巧克力也戒掉了。说来惭愧，我戒烟只此一遭，以后一直没有再戒过。

吸烟无益，可是很多人都说"不为无益之事，何以遣有涯之生？"而且无益之事有很多是有甚于吸烟者，所以吸烟或不吸烟，应由各人自行权衡决定。有一个人吸烟，不知是为特技表演，还是为节省买烟钱，经常猛吸一口烟咽下肚，绝不污染体外的空气，过了几年此人染了肺癌。我吸了几十年烟，最后才改吸不花钱的新鲜空气。如果在公共场所遇到有人口里冒烟，甚或直向我的面前喷射毒雾，我便退避三舍，心里暗自咒诅："我过去就是这副讨人嫌恶的样子！"

戒烟

戒烟的念头，起过好几次。第一次想戒烟，是在西历一九二三年十一月三十日下午五点多钟，那时候衣袋里只剩两只角子，一块面包要一角三分，实际上我只有七分钱的盈余。要买整盒的香烟，无论什么牌子的，都很为难。当时我便下了一个绝大的决心，在我的寝室里行宣誓礼，拿出烟盒里最后一只香烟，折为两段，誓曰："电灯在上，地板在下，我如再开烟禁，有如此烟！"

当晚口里便觉得油腻腻地难过，翻来覆去地睡不着觉。第二次清早起来，摸摸衣袋，还是那两只角子，不见多也不见少。我便打开衣橱，把我的几套破衣裳烂裤子捣翻出来，每一个口袋里伸手摸一次，探囊取物，居然凑集起来，摸出了两块多钱。可见我平常积蓄有素，此刻便可措置裕如。这两块多钱怎样用呢？除了吃一顿饱饭之外，我还买了一盒三角钱十支的“莎乐美”（“莎乐美”是一种麝香薰过的香烟名）。我便算是把烟禁开了。开禁的理由是：昨晚之戒烟，是因受经济的压迫，不是本愿，当然可以原谅。于是乎第一次戒烟失败。

一年过去。屋角堆着的空烟盒子，堆到了三四尺高。一天清早，忽然发愿清理，统计之下，这一堆烟盒代表我已吸的烟有一百三四十元之谱。未免心里有点感慨，想起往常用钱，真好像是一块钱一块钱地挂在肋骨上似的，轻易不肯忍痛摘用。如今吸烟就费如许金钱，真对不起将来的子孙。于是又下决心，实行戒烟，每月积下十元，作为储蓄。这戒烟的时期延长到半个多月。有一次，坐火车，车里面除了几位太太、几个小孩子、一只小巴儿狗以外，几乎个个人抽烟，由雪茄以至关东，烟气冲天。这时候，我若不吸烟，可有什么旁的办法？凡事有经有权，我于是乎从权，开禁吸烟。我又于是乎一吸而不可复禁，饭后若不吸烟，喉咙里就好像有一只小手乱抓似的。没法子，第二次戒烟又失败了。

男大当娶，女大当嫁，我侥幸已经到了“大”的时期，而且也居然娶了。闺房之内，约法三章，一不吸烟二不饮酒。闺令森严，无从反抗。于是我又决计戒烟。但是怎样对朋友说呢？这是一个问题。

“老王，你还吸烟否？”

我说：“戒烟了。”

“为什么又戒了？”

我说："这两天喉咙痛。"

过几天我到朋友家去，桌上香烟火柴都是现成的，我便顺手吸一支。久之，朋友都看出我在外面吸烟，在家就戒烟，议论纷纷。纸里包不住火，我索性宣布了。我当众声明，我现在已然娶了太太，因为要维持应享的娶后的利益起见，决计戒烟，但是为保持我娶前的既得权起见，决计不立刻完全戒烟。枕上会议，议决：实行戒烟，但分两个步骤，第一步是从绝不买烟入手，第二步才是不吸烟。我如今已经娶了三年，还在第一期戒烟状态之中。若有人把烟送上门来，我当然却之不恭，受之却也无愧。若叫我自己出钱买烟，则戒烟条例具在，碍难实行。所以现在我家里，为款待来宾起见，仅备火柴，纸烟则由来宾自备了。我这一次戒烟，第一步总算是成功了。但是吸烟的朋友们，鉴于我目前的成功，和往昔的失败，都希望我快开烟禁！

理发

理发不是一件愉快事。让牙医拔过牙的人，望见理发的那张椅子就会怵怵不安，两种椅子很有点相像。我们并不希望理发店的椅子都是檀木螺钿，或是路易十四式，但至少不应该那样的丑，方不方圆不圆的，死橛橛硬邦邦的，使你感觉到坐上去就要受人割宰的样子。门口担挑的剃头挑儿，更吓人，竖着的一根小小的旗杆，那原是为挂人头的。

但是理发是一种必不可免的麻烦。“君子整其衣冠，尊其瞻视，何必蓬头垢面，然后为贤？”理发亦是观瞻所系。印度锡克族，向来是不剪发不剃须的，那是“受诸父母不敢毁伤”的意思，所以一个个的都是满头满脸毛毵毵的，滔滔皆是，不以为怪。在我们的社会里，就不行了，如果你蓬松着头发，就会有人疑心你是在丁忧，或是才从监狱里出来。

髭须是更讨厌的东西，如果蓄留起来，七根朝上八根朝下都没有关系，嘴上有毛受人尊敬，如果刮得光光的露出一块青皮，也行，也受人尊敬，惟独不长不短的三两分长的髭须，如鬃鬣，如刺猬，如刈后的稻杆，看起来令人不敢亲近，鲁智深“腮边新剃暴长短须戗戗的好惨濑人”，所以人先有五分怕他。钟馗须髯如戟，是一副啖鬼之相。我们既不想吓人，又不欲啖鬼，而且不敢不以君子自勉，如何能不常到理发店去？

理发匠并没有令人应该不敬重的地方，和刽子手屠户同样的是一种为人群服务的职业，而且理发匠特别显得高尚，那一身西装便可以说是高等华人的标帜。如果你交一个刽子手朋友，他一见到你就会相度你的脖颈，何处下刀相宜，这是他的职业使然。理发匠俟你坐定之后，便伸胳膊挽袖相度你那一脑袋的毛发，对于毛发所依附的人并无兴趣。一块白绸布往你身上一罩，不见得是新洗的，往往是斑斑点点的如虎皮宣。随后是一根布条在咽喉处一勒。当然不会致命，不过箍得也就够紧，如果是自己的颈子大概舍不得用那样大的力。头发是以剪为原则，但是附带着生薅硬拔的却也不免，最适当的抗议是对着那面镜子焦眉皱眼地做个鬼脸，而且希望他能看见。人的头生在颈上，本来是可以相当的旋转自如的，但是也有几个角度是不大方便的，理发匠似乎不大顾虑到这一点，他总觉得你的脑袋的姿势不对，把你的头扳过来扭过去，以求适合他的刀剪。我疑心理发匠许都是孔武有力的，不然腕臂间怎有那样大的力气？

椅子前面竖起的一面大镜子是颇有道理的，倒不是为了可以顾影自怜，其妙在可以知道理发匠是在怎样收拾你的脑袋，人对于自己的脑袋没有不关心的。戴眼镜的朋友摘下眼镜，一片模糊，所见亦属有限。尤其是在刀剪晃动之际，呆坐如僵尸，轻易不敢动弹，对于左右坐着的邻客无从瞻仰，是一憾事。左边客人在挺着身子刮脸，声如割草，你以为必是一个大汉，其实未必然，也许是个女客；右边客人在喷香水擦雪花，你以为必是佳丽，其实亦未必然，也许是个男子。所以不看也罢，看了怪不舒服。最好是废然枯坐。

其中比较最愉快的一段经验是洗头。浓厚的肥皂汁滴在头上，如醍醐灌顶，用十指在头上搔抓，虽然不是麻姑，却也手似鸟爪。令人着急的是头皮已然搔得清痛，而东南角上一块最痒的地方始终不会搔到。用水冲洗的时候，难免不泛滥入耳，但念平素盥洗大概是以脸上本部为限，边远陬隅辄弗能届，如今痛加涤荡，亦是难得的盛举。电器吹风，却不好受，时而凉飕习习，时而夹上一股热流，热不可当，好像是一种刑罚。

最令人难堪的是刮脸。一把大刀锋利无比，在你的喉头上眼皮上耳边上，滑来滑去，你只能瞑目屏息，捏一把汗。Robert Lynd 写过一篇《关于刮脸的讲道》，他说：当剃刀触到我的脸上，我不免有这样的念头：“假使理发匠忽然疯狂了呢？”很幸运的，理发匠从未发疯狂过，但我遭遇过别种差不多的危险。例如，有一个矮小的法国理发匠在雷雨中给我刮脸，电光一闪，他就跳得好老高。还有一个喝醉了的理发匠，拿着剃刀找我的脸，像个醉汉的样子伸手去一摸却扑了个空。最后把剃刀落在我的脸上了，他却靠在那里镇定一下，靠得太重了些，居然把我的下颏右方刮下了一块胡须，刀还在我的皮上，我连抗议一声都不敢。就是小声说一句，我觉得，都会使他丧胆而失去平衡，我的颈静脉也许要在他不知不觉间被他割断，后来剃刀暂时离开我的脸了，大概就是法国人所谓 Reculer pour mieux sauter（退回去以便再向前扑）我趁势立刻用梦魇的声音叫起来："别刮了，别刮了，够了，谢谢你……"

这样的怕人的经验并不多有。不过任何人都要心悸，如果在刮脸时想起相声里的那段笑话，据说理发匠学徒的时候是用一个带茸毛的冬瓜来做试验的，有事走开的时候便把刀向瓜上一剁，后来出师服务，常常错认人头仍是那个冬瓜。刮脸的危险还在其次，最可恶的是他在刮后用手毫无忌惮地在你脸上摸，摸完之后你还得给他钱！

洗澡

谁没有洗过澡！生下来第三天，就有“洗儿会”，热腾腾的一盆香汤，还有果子彩钱，亲朋围绕着看你洗澡。“洗三”的滋味如何，没有人能够记得。被杨贵妃用锦绣大襁褓裹起来的安禄山也许能体会一点点“洗三”的滋味，不过我想当时禄儿必定别有心事在。

稍为长大一点，被母亲按在盆里洗澡永远是终身不忘的经验。越怕肥皂水流进眼里，肥皂水越爱往眼角里钻。胳肢窝怕痒，两肋也怕痒，脖子底下尤其怕痒，如果咯咯大笑把身子弄成扭股糖似的，就会顺手一巴掌没头没脸地拍了下来，有时候还真有一点痛。

成年之后，应该知道澡雪垢滓乃人生一乐，但亦不尽然。我读中学的时候，学校有洗澡的设备，虽是因陋就简，冷热水却甚充分。但是学校仍须严格规定，至少每三天必须洗澡一次。这规定比起汉律“吏五日得一休沐”意义大不相同。五日一休沐，是放假一天，沐不沐还不是在你自己？学校规定三日一洗澡是强迫性的，而且还有惩罚的办法，洗澡室备有签到簿，三次不洗澡者公布名单，仍不悛悔者则指定时间派员监视强制执行。以我所知，不洗澡而签名者大有人在，俨如伪造文书；从未见有名单公布，更未见有人在众目睽睽之下袒裼裸裎，法令徒成具文。

我们中国人一向是把洗澡当作一件大事的。自古就有沐浴而朝，斋戒沐浴以祀上帝的说法。曾点的生平快事是“浴于沂”。唯因其为大事，似乎未能视为日常生活的一部分。到了唐朝，还有人“居丧毁慕，三年不澡沐”。晋朝的王猛扪虱而谈，更是经常不洗澡的明证。白居易诗“今朝一澡濯，衰瘦颇有余”，洗一回澡居然有诗以纪之的价值。

旧式人家，尽管是深宅大院，很少有特辟浴室的。一只大木盆，能蹲踞其中，把浴汤泼溅满地，便可以称心如意了。在北平，街上有的是“金鸡未唱汤先热，红日东升客满堂”的澡堂，也有所谓高级一些的如“西升平”，但是很多人都不敢问津，倒不一定是如米芾之“好洁成癖至不与人同巾器”，也不是怕进去被人偷走了裤子，实在是因为医药费用太大。“早晨皮包水，晚上水包皮”，怕的是水不仅包皮，还可能有点什么东西进入皮里面去。明知道有些城市的澡堂里面可以搓澡，敲背，捏足，修脚，理发，吃东西。高枕而眠，甚而至于不仅是高枕而眠，一律都非常方便，有些胆小的人还是望望然去之，宁可回到家里去蹲踞在那一只大木盆里将就将就。

近代的家庭洗澡间当然是令人称便，可惜颇有“西化”之嫌，非我国之所固有。不过我们也无需过于自馁，西洋人之早雨浴晚雨浴一天溷洗两回，也只是很晚近的事。罗马皇帝喀拉凯拉之广造宏丽的公共浴室容纳一万六千人同时入浴，那只是历史上的美谈。那些浴室早已由于蛮人入侵而沦为废墟，早期基督教的禁欲趋向又把沐浴的美德破坏无遗。在中古期间的僧侣是不大注意他们的肉体上的清洁的。“与其澡于水，宁澡于德”（傅玄《澡盘铭》）大概是他们所信奉的道理。

欧洲近代的修女学校还留有一些中古遗风，女生们隔两个星期才能洗澡一次，而且在洗的时候还要携带一件长达膝部以下的长袍作为浴衣，脱衣服的时候还有一套特殊技术，不可使自己看到自己的身体！英国维多利亚时代之“星期六晚的洗澡”是一般人民经常有的生活项目之一。平常的日子大概都是“不宜沐浴”。

我国的佛教僧侣也有关于沐浴的规定，请看《百丈清规·六》：“展浴袱取出浴具于一边，解上衣，未卸直裰，先脱下面裙裳，以脚布围身，方可系浴裙，将裈袴卷折纳袱内。”虽未明言隔多久洗一次，看那脱衣层次规定之严，其用心与中古基督教会殆异曲同工。

在某些情形之下裸体运动是有其必要的，洗澡即其一也。在短短一段时间内，在一个适当的地方，即使于洗濯之余观赏一下原来属于自己的肉体，亦无伤大雅。若说赤身裸体便是邪恶，那么衣冠禽兽又好在哪里？

《礼记.儒行》云：“儒有澡身而浴德。”我看人的身与心应该都保持清洁，而且并行不悖。

雅舍

到四川来，觉得此地人建造房屋最是经济。火烧过的砖，常常用来做柱子，孤零零地砌起四根砖柱，上面盖上一个木头架子，看上去瘦骨嶙峋，单薄得可怜；但是顶上铺了瓦，四面编了竹篦墙，墙上敷了泥灰，远远地看过去，没有人能说不像是座房子。我现在住的“雅舍”正是这样一座典型的房子。不消说，这房子有砖柱，有竹篦墙，一切特点都应有尽有。讲到住房，我的经验不算少，什么“上支下摘”、“前廊后厦”、“一楼一底”、“三上三下”、“亭子间”、“茅草棚”、“琼楼玉宇”和“摩天大厦”，各式各样，我都尝试过。我不住在那里，只要住得稍久，对那房子便发生感情，非不得已我还舍不得搬。这“雅舍”，我初来时仅求其能蔽风雨，并不敢存奢望，现在住了两个多月，我的好感油然而生。虽然我已渐渐感觉它并不能蔽风雨，因为有窗而无玻璃，风来则洞若凉亭，有瓦而空隙不少，雨来则渗如滴漏。纵然不能蔽风雨，“雅舍”还是自有它的个性。有个性就可爱。

“雅舍”的位置在半山腰，下距马路约有七八十层的土阶。前面是阡陌螺旋的稻田。再远望过去是几抹葱翠的远山，旁边有高粱地，有竹林，有水池，有粪坑，后面是荒僻的榛莽未除的土山坡，若说地点荒凉，则月明之夕，或风雨之日，亦常有客到，大抵好友不嫌路远，路远乃见情谊。客来则先爬几十级的土阶，进得屋来仍须上坡，因为屋内地板乃依山势而铺，一面高，一面低，坡度甚大。客来无不惊叹，我则久而安之，每日由书房走到饭厅是上坡，饭后鼓腹而出是下坡，亦不觉有大不便处。

“雅舍”共是六间，我居其二。篦墙不固，门窗不严，故我与邻人彼此均可互通声息。邻人轰饮作乐，咿唔诗章，喁喁细语，以及鼾声、喷嚏声、吮汤声、撕纸声、脱皮鞋声，均随时由门窗户壁的隙处荡漾而来，破我岑寂。入夜则鼠子瞰灯，才一合眼，鼠子便自由行动，或搬核桃在地板上顺坡而下，或吸灯油而推翻烛台，或攀援而上帐顶，或在门框桌脚上磨牙，使得人不得安枕。但是对于鼠子，我很惭愧的承认，我“没有法子”。“没有法子”一语是被外国人常常引用着的，以为这话最足代表中国人的懒惰隐忍的态度。其实我的对付鼠子并不懒惰。窗上糊纸，纸一戳就破；门户关紧，而相鼠有牙，一阵咬便是一个洞洞。试问还有什么法子？洋鬼子住到“雅舍”里，不也是“没有法子”？比鼠子更骚扰的是蚊子。“雅舍”的蚊风之盛，是我前所未见的。“聚蚊成雷”真有其事！每当黄昏时候，满屋里磕头碰脑的全是蚊子，又黑又大，骨骼都像是硬的。在别处蚊子早已肃清的时候，在“雅舍”则格外猖獗，来客偶不留心，则两腿伤处累累隆起如玉蜀黍，但是我仍安之。冬天一到，蚊子自然绝迹，明年夏天——谁知道我还是否住在“雅舍”！

“雅舍”最宜月夜——地势较高，得月较先。看山头吐月，红盘乍涌，一霎间，清光四射，天空皎洁，四野无声，微闻犬吠，坐客无不悄然！舍前有两株梨树，等到月升中天，清光从树间筛洒而下，地上阴影斑斓，此时尤为幽绝。直到兴阑人散，归房就寝，月光仍然逼进窗来，助我凄凉。细雨蒙蒙之际，“雅舍”亦复有趣。推窗展望，俨然米氏章法，若云若雾，一片弥漫。但若大雨滂沱，我就又惶悚不安了，屋顶湿印到处都有，起初如碗大，俄而扩大如盆，继则滴水乃不绝，终乃屋顶灰泥突然崩裂，如奇葩初绽，砉然一声而泥水下注，此刻满室狼藉，抢救无及。此种经验，已数见不鲜。

“雅舍”之陈设，只当得简朴二字，但洒扫拂拭，不使有纤尘。我非显要，故名公巨卿之照片不得入我室；我非牙医，故无博士文凭张挂壁间；我不业理发，故丝织西湖十景以及电影明星之照片亦均不能张我四壁。我有一几一椅一榻，甜睡写读，均已有着，我亦不复他求。但是陈设虽简，我却喜欢翻新布置。西人常常讥笑妇人喜欢变更桌椅位置，以为这是妇人天性喜变之一证。诬否且不论，我是喜欢变的。中国旧式家庭，陈设千篇一律，正厅上是一条案，前面一张八仙桌，一边一把靠椅，两旁是两把靠椅夹一只茶几。我以为陈设宜求疏落参差之致，最忌排偶。

“雅舍”所有，毫无新奇，但一物一事之安排布置俱不从俗。人入我室，即知此是我室。笠翁《闲情偶寄》之所论，正合我意。

“雅舍”非我所有，我仅是房客之一。但思“天地者万物之逆旅”，人生本来如寄，我住“雅舍”一日，“雅舍”即一日为我所有。即使此一日亦不能算是我有，至少此一日“雅舍”所能给予之苦辣酸甜，我实躬受亲尝。刘克庄词：“客里似家家似寄。”我此时此刻卜居“雅舍”，“雅舍”即似我家。其实似家似寄，我亦分辨不清。

长日无俚，写作自遣，随想随写，不拘篇章，冠以“雅舍小品”四字，以示写作所在，且志因缘。

盆景

我小时候，看见我父亲书桌上添了一个盆景，我非常喜爱。是一盆文竹，栽在一个细高的方形白瓷盆里；似竹非竹，细叶嫩枝，而不失其挺然高举之致。凡物小巧则可爱。修篁成林，蔽不见天，固然幽雅宜人，而盆盎之间绿竹猗猗，则亦未尝不惹人怜。文竹属百合科，当时在北方尚不多见。

我父亲为了培护他这个盆景，费了大事。先是给它配上一个不大不小的硬木架子，安置在临窗的书桌右角，高高地傲视着居中的砚田。按时浇水，自不待言，苦的是它需阳光照晒，晨间阳光晒进窗来，便要移盆就光，让它享受那片刻的煦暖。若是搬到院里，时间过久则又不胜骄阳的肆虐。每隔一两年要翻换肥土，以利新根。败枝枯叶亦须修剪。听人指点，用毛管戳土成穴，灌以稀释的芝麻酱汤，则新芽茁发，其势甚猛。有一年果然抽芽蹿长，长至数尺而意犹未尽，乃用细绳吊系之，使缘窗匍行，如篱萝然。

此一盆景陪伴先君二三十年，依然无恙。后来移我书斋之内，仍能保持常态，在我凭几写作之时，为我增加情趣不少。嗣抗战军兴，家中乏人照料，冬日书斋无火，文竹终于僵冻而死。丧乱之中，人亦难保，遑论盆景！然我心中至今戚戚。

这一盆文竹乃购自日商。日本人好像很精于此道。所制盆栽，率皆枝条掩映，俯仰多姿。尤其是盆栽的松柏之属，能将文理盘错的千寻之树，缩收于不盈咫尺的缶盆之间，可谓巧夺天工。其实盆栽之术，源自我国，日人善于模仿，巧于推销，百年来盆栽遂亦为西方人士所嗜爱。Bonsai 一语实乃中文盆栽二字之音译。

据说盆景始于汉唐，盛于两宋。明朝吴县人王鏊作《姑苏志》有云：“虎邱人善于盆中植奇花异卉，盘松古梅，置之几案，清雅可爱，谓之盆景。”当时姑苏不仅擅园林之美；且以盆景之制作驰誉于一时。刘銮《五石瓠》：“今人以盆盎间树石为玩，长者屈而短之，大者削而约之，或肤寸而结果实，或咫尺而蓄虫鱼，概称盆景，元人谓之些子景。”些子大概是元人语，细小之意。

我多年来漂泊四方，所见盆景亦夥，南北各地无处无之，而技艺之精则均与时俱进。见有松柏盆景，或根株暴露，作龙爪攫拿之状，名曰

“露根”。或斜出倒挂于盆口之处，挺秀多姿，俨然如黄山之“蒲团”“黑虎”，名曰“悬崖”。或一株直立，或左右并生，无不于刚劲挺拔之中展露搔首弄姿之态。甚至有在浅钵之中植以枫林者，一二十株枫树集成丛林之状，居然叶红似火，一片霜林气象。种种盆景，无奇不有，纳须弥于芥子，取法乎自然。作为案头清供，诚为无上妙品。近年有人以盆景为专业，有时且公开展览，琳琅满目，洋洋大观。盆景之培养，需要经年累月，悉心经营，有时甚至经数十年之辛苦调护方能有成。或谓有历千百年之盆景古木，价值连城，是则殆不可考，非我所知。

盆景之妙虽尚自然，然其制作全赖人工。就艺术观点而言，艺术本为模仿自然。例如图画中之山水，尺幅而有千里之势。杜甫望岳，层云荡胸，飞鸟入目，也是穷目之所极而收之于笔下。盆景似亦若是，唯表现之方法不同。黄山之松，何以有那样的虬蟠之态？那并不是自然的生态。山势确荦，峭崖多隙，松生其间，又复终年的烟霞翳薄，夙雨飕飕，当然枝柯虬曲，甚至倒悬，欲直而不可得。原非自然生态之松，乃成为自然景色之一部。画家喜其奇，走笔写松遂常作龙蟠虬曲之势。制盆景者师其意，纳小松于盆中，培以最少量之肥，使之滋长而不过盛，芟之剪之，使其根部坐大，又用铅铁丝缚绕其枝干，使之弯曲作态而无法伸展自如。

艺术与自然本是相对的名词。凡是艺术皆是人为的。西谚有云：Ars estcelare artem（真艺术不露人为的痕迹），犹如吾人所谓“无斧凿痕”。我看过一些盆景，铅铁丝尚未除去，好像是五花大绑，即或已经解除，树皮上也难免有皮开肉绽的疤痕。这样的艺术制作，对于植物近似戕害生机的桎梏。我常在欣赏盆景的时候，联想到在游艺场中看到的一个患侏儒症的人，穿戴齐整的出现在观众面前，博大家一笑。又联想从前妇女的缠足，缠得趾骨弯折，以成为三寸金莲，作摇曳婀娜之态！

我读龚定庵《病梅馆记》，深有所感。他以为一盆盆的梅花都是匠人折磨成的病梅，用人工方法造成的那副弯曲佝偻之状乃是病态，于是他解其束缚，脱其桎梏，任其无拘无束地自然生长，名其斋为病梅馆。龚氏此文，常在我心中出现，令我憬然有悟，知万物皆宜顺其自然。盆景，是艺术，而非自然。我于欣赏之余，真想效龚氏之所为，去其盆盎，移之于大地，解其缠缚，任其自然生长。

搬家

人讥笑我，说我大概是吃了耗子药，否则怎么会五年之内搬了三次家。搬家是辛苦事。除非是真的家徒四壁，任谁都会蓄积一些弃之可惜留之无用的东西，到了搬家的时候才最感觉到累赘。小时候师长就谆谆告诫不可暴殄天物，常引陶侃竹头木屑的故事为例，所以长大了以后很难改除收藏废物的习惯，日积月累，满坑满谷全是东西。其中一部分还怪不得我，都是朋友们的赏赐嘉贶，有些还真是近似“白象”，也不关蜗居逼仄到什么地步，一头接着一头的“白象”接踵而来，常常是在拜领之后就进了储藏室或是束之高阁。到了搬家的时候，陈谷子烂芝麻一齐出仓，还是哪一样都舍不得丢。没办法，照搬。我认识一个人，他也是有这个爱惜物资的老毛病，当年他到外国读书，订购牛奶每天一瓶，喝完牛奶后觉得那瓶子实在可爱，洗干净之后通明剔透，舍不得丢进垃圾桶，就放在屋角，久而久之成了一大堆，地板有压坏之虞，无法处理，最后花一笔钱才请人为之清除。我倒不至于这样的痴，可是毛病也不少。别的不提，单说朋友们的来信，我照例一个抽屉一丢，并非皮藏，可是一抽屉一抽屉地塞得结结实实，难道搬家时也带了走？想要审阅一遍去芜存菁，那工程也很浩大，无已，硬着头皮选出少数的存留，剩下的大部分的朵云华签最好是付之丙丁，然而那要构成空气污染也于心不忍，只好弃之，好在内种并无机密。我还听说有一位先生，每天看完报纸必定折叠整齐，一日一沓，一月一捆，久之堆积到充栋的地步，一日行经其下，报纸堆突然倒坍，老先生压在底下受伤竟至不治。我每次搬家必定割舍许多平素不肯抛弃的东西，可叹的是旧的才去新的又来。

搬一次家要动员好多人力。我小时在北平有过两次搬家的经验。大敞车、排子车、人力车，外加十个八个“窝脖儿的”，忙活十天半个月才暂告段落。所谓“窝脖儿的”，也许有人还没听说过，凡是精致的家具，如全堂的紫檀、大理石心的硬木桌椅，以至玻璃罩的大座钟和穿衣镜等，都禁不得磕碰，不能用车运送，就是雕花的柜橱之类也不能上车。于是要雇请“窝脖儿的”来任艰巨。顾名思义，他的运输工具主要的就是他的脖颈。他把头低下来，用一块麻包之类的东西垫在他的脖颈上，再加上一块夹板，几百斤重的东西架在他的脖子上，他伸出两手扶着，就健步如飞的上路了。我曾查看他的脖子，与众不同，有一大块青紫的肉坟起如驼峰，是这一行业的标记。后来有所谓搬场公司，这一行就没落了。可是据我的经验，所谓搬场公司虽然扬言服务周到，打个电话就来，可是事到临头，三五个粗壮大汉七手八脚地像拆除大队似的把东西塞满大卡车、小发财，一声吆喝，家具缺胳膊短腿是保不齐的，至若碰瘪几个坑，擦掉几块漆，那是题中应有之义，可以算作是一种折旧。如果搬家也可以用货柜制度该有多好，即使有人要在你忙乱之际顺手牵羊，也将无所施其技。

搬一次家如生一场病，好久好久才能苏息过来，又好久好久才能习惯下来。这一切都没有什么可怨的，只要有个地方可以栖止也就罢了。我从小到大，居住的地方越搬越小，从前有个三进五进外加几个跨院，如今则以坪计。喜乐先生给我画过一副“故居图”，是极高明的一幅界画，于俯瞰透视之中绘出平昔宴居之趣，悬于壁上不时地撩起我的故国之思，而那旧式的庭院也是值得怀念的。如今我的家越搬越高，搬到了十几层之上，在这一点上倒是名副其实的乔迁。

俗话说：“千金买房，万金买邻。”旨哉言也。孟母三迁，还不是为了邻居不大理想？假使孟母生于今日，卜居一大城市之中，恐怕非一日一迁不可。孟母三迁，首先是因为其舍近墓，后来迁居市旁，其地又为贾人炫卖之所，最后徙居学宫之旁，才决定安居下去。“昔孟母，择邻处”，主要是为了孩子，怕孩子受环境影响，似尚不曾考虑环境的安宁、卫生等条件，如今择邻而处，真是万难。时常是咙聒之声盈耳，再不就是操场上的扩音喇叭疯狂地叫喊。贾人炫卖更是常事，如果楼下没有修理汽车的小肆之夜以继日地敲敲打打就算是万幸了。我住的地方位于台北盆地之中，四面是山，应该是有“山花如水净，山鸟与云闲”（王荆公诗）的景致，但是不，远山常为雾罩，眼前看到的全是鳞次栉比的鸽子笼。而且千不该万不该我买了一架望远镜，等到天朗气清之日向远山望去，哇！全是累累的坟墓。我想起洛阳北门外有北邙山，“北邙山头少闲土，尽是洛阳人旧墓”（王建诗），城外多少土馒头，城内多少馒头馅，亘古如斯，倒也不是什么值得特别感慨的事。

不过我住的地方是傍着一条交通孔道，早早晚晚车如流水，轰轰隆隆，其中最令人心惊的莫过于丧车。张籍诗：“洛阳北门北邙道，丧车辚辚入秋草。”我所听到的声音不只是辚辚，于辚辚之外还有锣、鼓、喇叭、唢呐，以及不知名的敲打吹腔的乐器，有不成节奏的节奏和不成腔调的腔调。不过有一回我听出了所奏的是《苏武牧羊》。这种乐队车常不止一辆，场面大的可能有十辆八辆，南管北管、洋鼓洋号各显其能。这种大出丧、小出丧，若遇黄道吉日，一天可能有几十档子由我楼下经过。有人来贺新居问我，住在这样的地方听这种声音，是不是不大吉利。我说，这有什么不吉利。想起王荆公一首《两山间》，其中有这样几句：

我欲抛山去，山仍劝我还。
只应身后冢，亦是眼中山。
且复依山住，归鞍未可攀。

房东与房客

狗见了猫，猫见了耗子，全没有好气，总不免怒目相视，龇牙咧嘴，一场格斗了事。上天生物就是这样，生生相克，总得斗。房东与房客，或房客与房东，其间的关系也是同样的不祥。在房东眼里，房客很少有好东西；在房客眼里，房东根本就没有一个好东西。利害冲突，彼此很难维持人与人之间应有的常态。

房东的哲学往往是这样的："来看房的那个人，看样子就面生可疑。我的房子能随便租给人？租给他开白面房子怎么办？将来非找个铺保不可。你看他那个神儿！房子的间架矮哩，院子窄哩，地点偏哩，房租贵哩，褒贬得一文不值，好像是谁请他来住似的！你不合适不会不住？我说得清清楚楚，你没有家眷我可不租，他说他有。我问他是干什么的，他死不张嘴，再不就是吞吞吐吐，八成不是好人。可是后来我还是租给他了。他往里一搬，哎呀，怎那么多人口，也不知究竟是几家子？瘪嘴的老太太有好几位，孩子一大串，兔儿爷似的一个比一个高。住了没有几个月，房子糟蹋得不成样子，雪白的墙角上他堆煤，披麻绿油的影壁上画了粉笔的飞机与乌龟，砖缝里的草更长了一人多高，沟眼也堵死了，水龙头也歪了，地板上的油漆也磨光了，天花板也熏黑了，玻璃窗也用高丽纸给补了，门环子也掉了……唉，简直是遭劫！房租到期还要拖欠，早一天取固然不成，过几天取也常要碰钉子，‘过两天再来吧’‘下月一起付罢’‘太太不在家’‘先付半个月的罢’‘我们还没有发薪哪，发了薪给你送去’……好，房租取不到，还得白跑道，腿杆儿都跑细了。他不给租钱，还挺横，你去取租的时候，他就叫你蹲在门口儿，‘砰’的一声把大门关上了，好像是你欠他的钱！也有到时候把房租送上门来的，这主儿更难缠，说不定他早做了二房东，他怕我去调查。租人家的房子住人的，有几个是有良心的？……”

房客的哲学又是一套："这房东的房子多得很，‘吃瓦片儿的’，任事不做。靠房钱吃饭。这房子一点儿也不合局，我要是有钱绝不租这样的房子。我是凑和着住。一进门就是三份儿，一房一茶一打扫。比阎王还凶。没法子，给你。还要打铺保？我人地生疏，哪里找保去？难道我还能把你的房子吃掉不成？你问我家里人口多不多？你管得着么？难道房东还带查户口？‘不准转租’，我自己还不够住的呢！可是我要把南房腾空转租，你也管不了，反正我不欠你的房租。‘不准拖欠’，嘻，我要是有钱我绝不拖欠。这个月我迟领了几天薪，房东就三天两头儿地找上门来，好像是有几年没付房钱似的，搅得我一家不安。谁没有个手头儿发窘？何苦！房钱错了一天也不行，急如星火，可是那天下雨房漏了，打了八次电话，他也不派人来修，把我的被褥都湿脏了，阴沟堵住了，院里积了一汪子水，也不来修。门环掉了，都是我自己找人修的。他还觍着脸催房钱！无耻！我住了这样久，没糟蹋你一间房子，墙、柱子都好好的，没摘过你一扇门一扇窗子，还要怎样？这样的房客你哪里找去？……”

房东房客如此之不相容，租赁的关系不是很容易决裂的吗？啊不，比离婚还难。房东虽然不好，房子还是要住的；房客虽然不好，房子不能不由他住。主客之间永远是紧张的，谁也不把谁当作君子看。

这还是承平时代的情形。在通货膨胀的时代，双方的无名火都提高了好几十丈，提起了对方的时候恐怕牙都要发痒。

房东的哲学要追加这样一部分：“你这几个房钱够干什么的？你以后不必给房钱了，每个月给我几个烧饼好了。一开口就是‘老房客’，老房客就该白住房？你也打听打听现在的市价，顶费要几条几条的，房租要一袋一袋的，我的房租不到市价的十分之一，人不可没有良心。你嫌贵，你别处租租试试看。你说年头不好，你没有钱，你可以住小房呀！谁叫你住这么大的一所？没有钱，就该找三间房忍着去，你还要场面？你要是一个钱都没有，就该白住房么？我一家子指着房钱吃饭哪！您也不是我的儿子，我为什么让你白住？……”

房客方面也追加理由如下：“我这么多年没欠过租，我们的友谊要紧。房钱不是没有涨过，我自动地还给你涨过一次呢，要说是市价一间一袋的话，那不合法，那是高抬物价，市侩作风，说到哪里也是你没理。人不可不知足。你要涨到多少才叫够？我的薪水也并没有跟着物价涨。才几个月的工夫，又啰唣着要涨房租，亏你说得出口！你是房东，资产阶级，你不知没房住的苦，何必在穷人身上打算盘？不用废话了，等我的薪水下次调整，也给你加一点儿，多少总得加你一点儿，这个月还是这么多，你爱拿不拿！你不拿，我放在提存处去，不是我欠租……”

闹到这个地步，关系该断绝了罢？啊不。房客赌气搬家，不，这个气赌不得，赌财不赌气。房东撵房客搬家，更不行，撵人搬家是最伤天害理的事，谁也不同情，而且事实上也撵不动，房客像是生了根一般。打官司么？房东心里明白：请律师递状，开庭，试行和解，开庭辩论，宣判，二审，三审，执行，这一套程序不要两年也得一年半，不合算。没法子，怄吧。房东和房客就这样地在怄着。

世界上就没有人懂得一点儿宾主之谊，客客气气，好来好散的吗？有。不过那是在“君子国”里。

住一楼一底房者的悲哀

小时候听人说，衣食住是人生三大要素。可是小的时候只觉得“吃”是要紧的，只消嘴里有东西嚼，便觉天地之大，唯我独尊，逍遥自在，万事皆休。稍微长大一点，才觉得身上的衣服，观瞻所系，殊有讲究的必要，渐渐的觉悟一件竹布大褂似乎有些寒碜。后来长大成人，开门立户，浸假而生儿育女，子孙繁殖，于是“住”的一件事，也成了一件很大的问题。我现在要谈的就是这成人所感觉得的很迫切的“住”的问题。

我住过有前廊后厦上支下摘的北方的四合房，我也住过江南的窄小湿霉才可容膝的土房，我也住过繁华世界的不见天日的监牢一般的洋房，但是我们这个“上海特别市”的所谓“一楼一底”房者，我自从瞻仰，以至下榻，再而至于卜居很久了的今天，我实在不敢说对它有什么好感。

当然，上海这个地方并不曾请我来，是我自己愿意来的；上海的所谓“一楼一底”的房东也并不曾请我来住，是我自己愿意来住的。所以假若我对于一楼一底房有什么不十分恭维的话语，那只是我气闷不过时的一种呻吟，并不是对谁有什么抱怨。

初见面的朋友，常常问我：“府上住在哪里？”我立刻回想到我这一楼一底的“府”，好生惭愧。熟识的朋友，若向我说起“府上”，我的下意识就要认为这是一种侮辱了。

一楼一底的房没有孤零零的一所矗立着的，差不多都像鸽子窝似的，一大排，一所一所的构造的式样大小完全一律，就好像从一个模型里铸出来的一般。我顶佩服的就是当初打图样的土著工程师，真能相度地势，节工省料，譬如一垛五分厚的山墙就好两家合用。王公馆的右面一垛山墙，同时就是李公馆的左面的山墙，并且王公馆若是爱好美术，在右面山墙上钉一个铁钉子，挂一张美女月份牌，那么李公馆在挂月份牌的时候，就不必再钉钉子了，因为这边钉一个钉子，那边就自然而然地会钻出一个钉头儿！

房子虽然以一楼一底为限，而两扇大门却是方方正正的，冠冕堂皇，望上去总不像是我所能租赁得起的房子的大门。门上两个铁环是少不得的，并且还是小不得的。因为门环若大，敲起来当然声音就大，敲门而欲其声大，这显然是表示门里面的人离门甚远，而其身份又甚高也。放老实些，门里面的人，比门外的人，离门的距离，相差不多！这门环做得那样大，可有什么道理呢？原来这里面有一点讲究。建筑一楼一底房的人，把砖石灰土看作自己的骨头血肉一般的宝贵，所以两家天井中间的那垛墙只能起半垛，所以空气和附属于空气的种种东西，可以不分畛域地从这一家飞到那一家。门环敲得啪啪地响的时候，声浪在周围一二十丈以内的范围，都可以很清晰地播送得到。一家敲门，至少有两家拔闩启锁，至少三家应声“啥人”，至少有五家有人从楼窗中探出头来。

“君子远庖厨”，住一楼一底的人，简直没有方法可以上跻于君子之伦。厨房里杀鸡，我无论躲在那一个墙角，都可以听得见鸡叫（当然这是极不常有的事），厨房里烹鱼，我可以嗅到鱼腥，厨房里升火，我可以看见一朵一朵乌云似的柴烟在我眼前飞过。自家的庖厨既没法可以远，而隔着半垛墙的人家的庖厨，离我还是差不多的近。人家今天炒什么菜，我先嗅着油味，人家今天淘米，我先听见水声。厨房之上，楼房之后，有所谓亭子间者，住在里面，真可说是冬暖夏热，厨房烧柴的时候，一缕一缕的青烟从地板缝中冉冉上升。亭子间上面又有所谓晒台者，名义上是作为晾晒衣服之用，但是实际上是人们乘凉的地方，打牌的地方，开演留声机的地方，还有另搭一间作堆杂物的地方。别看一楼一底，这其间还有不少的曲折。

天热了我不免要犯昼寝的毛病。楼上热烘烘的可以蒸包子，我只好在楼下下榻，假如我的四邻这时候都能够不打架似的说话或说话似的打架，那么我也能居然入睡。猛然间门环响处，来了一位客人，甚至于来了一位女客，这时节我只得一骨碌爬起来，倒提着鞋，不逃到楼上，就避到厨房。这完全是地理上的关系，不得不尔。

客人有时候腹内积蓄的水分过多，附着我的耳朵叽叽哝哝说要如此如此，这一来我就窘了。朱漆金箍的器皿，搬来搬去，不成体统。我若在小小的天井中间随意用手一指，客人又觉得不惯，并且耳目众多，彼此都窘了。

还有一点苦衷，我忘不了。一楼一底的房，附带着有一个楼梯，这是上下交通唯一的孔道。然而这楼梯的构造，却也别致。上楼的时候，把脚往上提起一尺，往前只能进展五寸。下楼的时候，把脚伸出五寸，就可以跌下一尺。吃饭以前，楼上的人要扶着楼杆下来；吃饭以后，楼下的人要捧着肚子上去。穿高跟皮鞋的太太小姐，上下楼只有脚尖能够踏在楼梯板上。

话又说回来了。一楼一底的房即或有天大的不好，你度德量力，一时还是不能乔迁。所以一楼一底的房多少是有一点慈善性质的。

第五辑 华芳旧事

人，来不知从何处来，去不知向何处去，来时并非本愿，去时亦未征得同意，此间我们是以心为形役呢？还是立德立功以求不朽？这些大主意需要自己拿。

谈时间

一

希腊哲学家 Diogenes 经常睡在一只瓦缸里，有一天亚力山大皇帝走去看他，以皇帝的惯用的口吻问他："你对我有什么请求吗？"这位玩世不恭的哲人翻了翻白眼，答道："我请求你走开一点，不要遮住我的阳光。"

这个家喻户晓的小故事，究竟含义何在，恐怕见仁见智，各有不同的看法。我们通常总是觉得那位哲人视尊荣犹敝屣，富贵如浮云，虽然皇帝驾到，殊无异于等闲之辈，不但对他无所希冀，而且亦不必特别地假以颜色。可是约翰逊博士另有一种看法，他认为应该注意的是那阳光，阳光不是皇帝所能赐予的，所以请求他不要把他所不能赐予的夺了去。这个请求不能算奢，却是用意深刻。因此约翰逊博士由"光阴"悟到"时间”，时间也者虽然也极为宝贵，却也是常常被人劫夺的。

“人生不满百”，大致是不错的。当然，老而不死的人，不是没有，不过期颐以上不是一般人所敢想望的，数十寒暑当中，睡眠去了很大一部分。苏东坡所谓“睡眠去其半”，稍嫌有一点夸张，大约三分之一总是有的。童蒙一段时期，说它是天真未凿也好，说它是昏昧无知也好，反正是浑浑噩噩，不知不觉；及至寿登耄耋，老悖聋瞑，甚至“佳丽当前，未能缱绻”，比死人多一口气，也没有多少生趣可言。掐头去尾，人生所余无几。就是这短暂的一生，时间亦不见得能由我们自己支配。约翰逊博士所抱怨的那些不速之客，动辄登门拜访，不管你正在怎样忙碌，他都觉得宾至如归，这种情形固然令人啼笑皆非，我觉得究竟不能算是怎样严重的“时间之贼”。他只是在我们的有限的资本上抽取一点捐税而已。我们的时间之大宗的消耗，怕还是要由我们自己负责。

有人说：“时间即生命。”也有人说：“时间即金钱。”二说均是，因为有人根本认为金钱即生命。不过细想一下，有命斯有财，命之不存，财于何有？有钱不要命者，固然实繁有徒，但是舍财不舍命，仍然是较聪明的办法。所以《淮南子》说：“圣人不贵尺之璧而重寸之阴，时难得而易失也。”我们幼时，谁没有做过“惜阴说”之类的课艺？可是谁又能趁早体会到时间之“难得而易失”？我小的时候，家里请了一位教师，书房桌上有一座钟，我和我的姐姐常乘教师不注意的时候把时钟往前拨快半个钟头，以便提早放学，后来被老师觉察了，他用朱笔在窗户纸上的太阳阴影画一痕迹，作为放学的时刻，这才息了逃学的念头。

时光不断在流转，任谁也不能攀住它停留片刻。“逝者如斯夫，不舍昼夜！”我们每天撕一张日历，日历越来越薄，快要撕完的时候便不免矍然以惊，惊的是又临岁晚，假使我们把几十册日历装为合订本，那便象征我们的全部的生命，我们一页一页地往下扯，该是什么样的滋味呢！“冬天一到，春天还会远吗？”可是你一共能看见几次冬去春来呢？

不可挽住的就让它去吧！问题在，我们所能掌握的尚未逝去的时间，如何去打发它，梁任公先生最恶闻“消遣”二字，只有活得不耐烦的人才忍心地去“杀时间”。他认为一个人要做的事太多，时间根本不够用，哪里还有时间可供消遣？不过打发时间的方法，亦人各不同，士各有志。乾隆皇帝下江南，看见运河上舟楫往来，熙熙攘攘，顾问左右：“他们都在忙些什么？”和珅侍卫在侧，脱口而出：“无非名利二字。”这答案相当正确，我们不可以人废言。不过三代以下唯恐其不好名，大概名利二字当中还是利的成分大些。“人为财死，鸟为食亡。”时间即金钱之说仍属不诬。诗人华兹华斯有句：

尘世耗用我们的时间太多了，夙兴夜寐，

赚钱挥霍，把我们的精力都浪费掉了。

所以有人宁可遁迹山林，享受那清风明月，“侣鱼虾而友麋鹿”，过那高蹈隐逸的生活。诗人济慈宁愿长时间地守着一株花，看那花苞徐徐展瓣，以为那是人间至乐。嵇康在大树底下扬锤打铁，“浊酒一杯，弹琴一曲”；刘伶“止则操卮执觚，动则挈榼提壶”，一生中无思无虑其乐陶陶。这又是一种颇不寻常的方式。最彻底的超然的例子是《传灯录》所记载：“南泉和尚问陆宣曰：‘大夫十二时中作么生？’陆曰：‘寸丝不挂！’”寸丝不挂即是了无挂碍之谓，“本来无一物，何处染尘埃”，这境界高超极了，可以说是“以天地为一朝，万期为须臾”，根本不发生什么时间问题。

人，诚如波斯诗人奥玛·海亚姆所说，来不知从何处来，去不知向何处去，来时并非本愿，去时亦未征得同意，稀里糊涂地在世间逗留一段时间。在此期间内，我们是以心为形役呢？还是立德立功立言以求不朽呢？还是参究生死直超三界呢？这大主意需要自己拿。

时间即生命

最令人触目惊心的一件事，是看着钟表上的秒针一下一下地移动，每移动一下就是表示我们的寿命已经缩短了一部分。再看看墙上挂着的可以一张张撕下的日历，每天撕下一张就是表示我们的寿命又缩短了一天。因为时间即生命。没有人不爱惜他的生命，但很少人珍视他的时间。如果想在有生之年做一点什么事，学一点什么学问，充实自己，帮助别人，使生命有意义，不虚此生，那么就不可浪费光阴。这道理人人都懂，可是很少有人真能积极不懈地善于利用他的时间。

我自己就是浪费了很多时间的一个人。我不打麻将，我不经常听戏看电影，几年中难得一次，我不长时间看电视，通常只看半个小时，我也不串门子闲聊天。有人问我："那么你大部分时间都做了些什么呢？"

我痛自反省，我发现，除了职务上的必须及人情上所不能免的活动之外，我的时间大部分都浪费了。我应该集中精力，读我所未读过的书，我应该利用所有时间，写我所要写的东西，但是我没能这样做。我好多的时间都稀里糊涂地混过去了，“少壮不努力，老大徒伤悲”。

例如，我翻译莎士比亚，本来计划于课余之暇每年翻译两部，二十年即可完成，但是我用了三十年，主要的原因是懒。翻译之所以完成，主要的是因为活得相当长久，十分惊险。翻译完成之后，虽然仍有工作计划，但体力渐衰，有力不从心之感。假使年轻的时候鞭策自己，如今当有较好或较多的表现。然而悔之晚矣。再例如，作为一个中国人，经书不可不读。我年过三十才知道读书自修的重要。我批阅，我圈点，但是恒心不足，时作时辍。“五十以学易，可以无大过矣”，我如今年过八十，还没有接触过《易经》，说来惭愧。史书也很重要。我出国留学的时候，我父亲买了一套同文石印的前四史，塞满了我的行箧的一半空间，我在外国混了几年之后又把前四史原封带回来了。直到四十年后才鼓起勇气读了《通鉴》一遍。现在我要读的书太多，深感时间有限。

无论做什么事，健康的身体是基本条件。我在学校读书的时候，有所谓“强迫运动”，我踢破过几双球鞋，打断过几只球拍。因此侥幸维持下来最低限度的体力。老来打过几年太极拳，目前则以散步活动筋骨而已。寄语年轻朋友：千万要持之以恒的从事运动，这不是嬉戏，不是浪费时间。健康的身体是做人做事的真正的本钱。

闲暇

英国十八世纪的笛福，以《鲁滨逊漂流记》一书闻名于世，其实他写小说是在近六十岁才开始的，他以前的几十年写作差不多全是以新闻记者的身份所写的散文。最早的一本书一六九七年刊行的《设计杂谈》（An Essay Upon Projects）是一部逸趣横生的奇书，我现在不预备介绍此书的内容，我只要引其中的一句话："人乃是上帝所创造的最不善于谋生的动物；没有别的一种动物曾经饿死过；外界的大自然给它们预备了衣与食；内心的自然本性给它们安设了一种本能，永远会指导它们设法谋取衣食；但是人必须工作，否则就挨饿，必须做奴役，否则就得死；他固然是有理性指导他，很少人服从理性指导而沦于这样不幸的状态；但是一个人年轻时犯了错误，以致后来颠沛困苦，没有钱，没有朋友，没有健康，他只好死于沟壑，或是死于一个更恶劣的地方——医院。”这一段话，不可以就表面字义上去了解，须知笛福是一位“反语”大师，他惯说反话。人为万物之灵，谁不知道？事实上在自然界里一大批一大批饿死的是禽兽，不是人。人要适合于理性的生活，要改善生活状态，所以才要工作。笛福本人是工作极为勤奋的人，他办刊物、写文章、做生意，从军又服官，一生忙个不停。就是在这本《设计杂谈》里，他也提出了许多高瞻远瞩的计划，像预言一般后来都一一实现了。

人辛勤困苦地工作，所为何来？夙兴夜寐，胼手胝足，如果纯是为了温饱像蚂蚁蜜蜂一样，那又何贵乎做人？想起罗马皇帝马可·奥勒留的一段话：

在天亮的时候，如果你懒得起床，要随时做如是想：“我要起来，去做一个人的工作。”我生来就是为了做那工作的，我来到世间就是为了做那工作的，那么现在就去做那工作又有什么可怨的呢？我既是为了这工作而生的，那么我应该蜷卧在被窝里取暖吗？“被窝里较为舒适呀。”那么你是生来为了享乐的吗？简言之，我且问你，你是被动地还是主动地要有所作为？试想每一个小的生物，每一小鸟、蚂蚁、蜘蛛、蜜蜂，它们是如何地勤于劳作，如何地克尽厥职，以组成一个有秩序的宇宙。那么你可以拒绝去做一个人的工作吗？自然命令你做的事还不赶快地去做吗？“但是一些休息也是必要的呀。”这我不否认。但是根据自然之道，这也要有个限制，犹如饮食一般。你已经超过限制了，你已经超过足够的限量了。但是讲到工作你却不如此了；多做一点你也不肯。

这一段策励自己勉力工作的话，足以发人深省，其中“以组一个有秩序的宇宙”一语至堪玩味。使我们不能不想起古罗马的文明秩序是建立在奴隶制度之上的。有劳苦的大众在那里辛勤地劳作，解决了大家的生活问题，然后少数的上层社会人士才有闲暇去做“人的工作”。大多数人是蚂蚁、蜜蜂，少数人是人。做“人的工作”需要有闲暇。所谓闲暇，不是饱食终日无所用心之谓，是免于蚂蚁、蜜蜂般的工作之谓。养尊处优，嬉遨惰慢，那是蚂蚁、蜜蜂之不如，还能算人！靠了逢迎当道，甚至为虎作伥，而猎取一官半职或是分享一些残羹剩饭，那是帮闲或是帮凶，都不是人的工作。奥勒留推崇工作之必要，话是不错，但勤于劳作亦应有个限度，不能像蚂蚁、蜜蜂那样地工作。劳动是必须的，但劳动不应该是终极的目标。而且劳动亦不应该由一部分人负担而令另一部分人坐享其成果。

人类最高理想应该是人人能有闲暇，于必须的工作之余还能有闲暇去做人，有闲暇去做人的工作，去享受人的生活。我们应该希望人人都能属于“有闲阶级”。有闲阶层如能普及于全人类，那便不复是罪恶。人在有闲的时候才最像是一个人。手脚相当闲，头脑才能相应地忙起来。我们并不向往六朝人那样萧然若神仙的样子，我们却企盼人人都能有闲暇去发展他的智慧与才能。

忆沈从文

一九六八年六月九日《中央日报》方块文章井心先生记载着："以写作手法新颖，自成一格……的作者沈从文，不久以前，在大陆因受不了迫害而死。听说他喝过一次煤油，割过一次静脉，终于带着不屈服的灵魂而死去了。"

接着又说："他出身行伍，而以文章闻名；自称小兵，而面目姣好如女子，说话、态度尔雅、温文……""他写得一手娟秀的《灵飞经》……"这几句话描写得确切而生动，使我想起沈从文其人。

我现在先发表他一封信，大概是民国十九年间他在上海时候写给我的。信的内容没有什么可注意的，但是几个字写得很挺拔而俏丽。他最初以“休芸芸”的笔名向《晨报副镌》投稿时，用细尖钢笔写的稿子就非常出色，徐志摩因此到处揄扬他。后来他写《阿丽丝中国游记》分期刊登《新月》，我才有机会看到他的笔迹，果然是秀劲不凡。

从文虽然笔下洋洋洒洒，却不健谈，见了人总是低着头羞答答的，说话也是细声细气。关于他“出身行伍”的事他从不多谈。他在十九年三月写过一篇《从文自传》，关于此点有清楚的交代，他说：“因为生长地方为清时屯戍重镇，绿营制度到近年尚依然存在，故于过去祖父曾人军籍，做过一次镇守使，现在兄弟及父亲皆仍在军籍中做中级军官。因地方极其偏僻，与苗民杂处聚居，教育文化皆极低落，故长于其环境中的我，幼小时显出生命的那一面，是放荡与诡诈。十二岁我曾受过关于军事的基本训练，十五岁时随军外出曾做上士。后到沅州，为一城区屠宰收税员，不久又以书记名义，随某剿匪部队在川、湘、鄂、黔四省边上过放纵野蛮生活约三年。因身体衰弱，年龄渐长，从各种生活中养成了默想与体会人生趣味的习惯，对于过去生活有所怀疑；渐觉有努力位置自己在一陌生事业上之必要。因这憧憬的要求，糊糊涂涂地到了北京。”这便是他早年从军经过的自白。

由于徐志摩的吹嘘，胡适之先生请他到中国公学教国文，这是一件极不寻常的事，因为一个没有正常适当的学历资历的青年而能被人赏识于牝牡骊黄之外，是很不容易的。从文初登讲坛，怯场是意中事，据他自己说，上课之前做了充分准备，以为资料足供一小时使用而有余，不料面对黑压压一片人头，三言两语就把要说的话都说完了，剩下许多时间非得临时编造不可，否则就要冷场，这使他颇为受窘。一位教师不善言辞，不算是太大的短处，若是没有足够的学识便难获得大家的敬服。因此之故，从文虽然不是顶会说话的人，仍不失为成功的受欢迎的教师。记问之学不足以为人师，需要有启发别人的力量才不愧为人师，在这一点上从文有他独到之处，因为他有丰富的人生经验和好学深思的性格。

在中国公学一段时间，他最大的收获大概是他的婚姻问题的解决。英语系的女生张兆和女士是一个聪明用功而且秉性端庄的小姐，她的家世很好，多才多艺的张充和女士便是她的胞姐。从文因授课的关系认识了她，而且一见钟情。凡是沉默寡言笑的人，一旦堕入情网，时常是一往情深，一发而不可收拾。从文尽管颠倒，但是没有得到对方青睐。他有一次急得想要跳楼。他本有流鼻血的毛病，几番挫折之后苍白的面孔愈发苍白了。他会写信，以纸笔代喉舌。张小姐实在被缠不过，而且师生恋爱声张开来也是令人很窘的，于是有一天她带着一大包从文写给她的信去谒见胡校长，请他做主制止这一扰人举动的发展。她指出了信中这样的一句话，“我不仅爱你的灵魂，我也要你的肉体”，她认为这是侮辱。胡先生皱着眉头，板着面孔，细心听她陈述，然后绽出一丝笑容，温和地对她说：“我劝你嫁给他。”张女士吃一惊，但是禁不住胡先生诚恳的解说，居然急转直下默不作声地去了。胡先生曾自诩善于为人作伐，从文的婚事得谐便是他常常乐道的一例。

在青岛大学从文教国文，大约一年就随杨振声（今甫）先生离开青岛到北平居住。今甫到了夏季就搬到颐和园赁屋消暑，和他做伴的一位干女儿，自称过的是帝王生活，优哉游哉地享受那园中的风光湖色。此时从文给今甫做帮手，编中学国文教科书，所以也常常在颐和园出出进进。书编得很精彩，偏重于趣味，可惜不久抗战军兴，书甫编竣，已不合时代需要，故从未印行。

从文一方面很有修养，一方面也很孤僻，不失为一个特立独行之士。像这样不肯随波逐流的人，如何能不做了时代的牺牲？他的作品有四十几种，可谓多产，文笔略带欧化语气，大约是受了阅读翻译文学作品的影响。

此文写过，又不敢相信报纸的消息，故未发表。读聂华苓女士作《沈从文评传》（英文本，一九七二年纽约 Twayne Publishers 出版），果然好像从文尚在人间。人的生死可以随便传来传去，真是人间何世！

忆周作人先生

周作人先生住北平西城八道湾，看这个地名就可以知道那是怎样的一个弯弯曲曲的小胡同。但是在这个陋巷里却住着一位高雅的与世无争的读书人。

我在清华读书的时候，代表清华文学社会见他，邀他到清华演讲。那个时代，一个年轻学生可以不经介绍径自拜访一位学者，并且邀他演讲，而且毫无报酬，好像不算是失礼的事。如今手续似乎更简便了，往往是一通电话便可以邀请一位素未谋面的人去讲演什么的。我当年就是这样冒冒失失地慕名拜访。转弯抹角地找到了周先生的寓所，是一所坐北朝南的两进的平房，正值雨后，前院积了一大汪子水，我被引进去，沿着南房檐下的石阶走进南屋。地上铺着凉席。屋里已有两人在谈话，一位是留了一撮小胡子的鲁迅先生，另一位年轻人是写小诗的何植三先生。鲁迅先生和我招呼之后就说：“你是找我弟弟的，请里院坐吧。”

里院正房三间，两间是藏书用的，大概有十个八个木书架，都摆满了书，有竖立的西书，有平放的中文书，光线相当暗。左手一间是书房，很爽亮，有一张大书桌，桌上文房四宝陈列整齐，竟不像是一个人勤于写作的所在。靠墙一几两椅，算是待客的地方。上面原来挂着一个小小的横匾，“苦雨斋”三个字是沈尹默写的。斋名苦雨，显然和前院的积水有关，也许还有屋瓦漏水的情事。总之是十分恼人的事，可见主人的一种无奈的心情。（后来他改斋名为“苦茶庵”了。）俄而主人移步入，但见他一袭长衫，意态翛然，背微伛，目下视，面色灰白，短短的髭须满面，语声低沉到令人难以辨听的程度。一仆人送来两盏茶，日本式的小盖碗，七分满的淡淡清茶。我道明来意，他用最简单的一句话接受了我们的邀请。于是我不必等端茶送客就告辞而退，他送我一直到大门口。

从北平城里到清华，路相当远，人力车要一个多小时，但是他准时来了，高等科礼堂有两三百人听他演讲。讲题是“日本的小诗”。他特别提出所谓俳句，那是日本的一种诗体，以十七个字为一首，一首分为三段，首五字，次七字，再五字，这是正格，也有不守十七字之限者。这种短诗比我们的五言绝句还要短。由于周先生语声过低，乡音太重，听众不易了解，讲演不算成功。幸而他有讲稿，随即发表。他所举的例句都非常有趣，我至今还记得的是一首松尾芭蕉的作品，好像是“听呀，青蛙跃入古潭的声音！”这样的一句，细味之颇有禅意。此种短诗对于试写新诗的人颇有影响，就和泰戈尔的散文诗一样，容易成为模拟的对象。

民国二十三年我到了北京大学，和周先生有同事三年之雅。在此期间我们来往不多，一来彼此都忙，我住东城他住西城相隔甚远，不过我也在苦雨斋做过好几次的座上客。我很敬重他，也很爱他的淡雅的风度。我当时主编一个周刊《自由评论》，他给过我几篇文稿，我很感谢他。他曾托我介绍把他的一些存书卖给学校图书馆。我照办了。他也曾要我照拂他的儿子周丰一（在北大外文系日文组四年级），我当然也义不容辞，我在这里发表他的几封短札，文字简练，自有其独特的风格。

周先生晚节不终，宦事敌伪，以至于身系缧绁，名声扫地，是一件极为可惜的事。不过他所以出此下策，也有其远因近因可察。他有一封信给我，是在抗战前夕写的：

实秋先生：

手书敬悉。近来大有闲，却也不知怎的又甚忙，所以至今未能写出文章，甚歉。看看这“非常时”的四周空气，深感到无话可说，因为这（我的话或文章）是如此的不合宜的。日前曾想写一篇关于《求己录》的小文，但假如写出来了，恐怕看了赞成的只有一个——《求己录》的著者陶葆廉吧？等写出来可以用的文章时，即当送奉，匆匆不尽。

作人启七日夜

关于《求己录》的文章虽然他没有写，我们却可想见他对《求己录》

的推崇，按，《求己录》一册一函，光绪二十六年杭州求是书院刊本，署芦泾遁士著，乃秀水陶葆廉之别号。陶葆廉是两广总督陶模（子方）之子，久佐父幕，与陈三立、谭嗣同、沈雁潭合称四公子。作人先生引陶葆廉为知己，同属于不合时宜之列。他也曾写信给我提到“和日和共的狂妄主张”。是他对于抗日战争早就有了他自己的一套看法。他平素对于时局，和他哥哥鲁迅一样，一向抱有不满的态度。

作人先生有一位日籍妻子。我到苦茶庵去过几次没有拜见过她，只是隔着窗子看见过一位披着和服的妇人走过，不知是不是她。一个人的妻子，如果她能勤俭持家相夫教子而且是一个“温而正”的女人，她的丈夫一定要受到她的影响，一定爱她，一定爱屋及乌地爱与她有关的一切。周先生早年负笈东瀛，娶日女为妻，对于日本的许多方面有好的印象是可以理解的。我记得他写过一篇文章赞美日本式的那种纸壁地板蹲坑的厕所，真是匪夷所思。他有许多要好的日本朋友，更是意料中事，犹之鲁迅先生之与上海虹口的内山书店老板过从甚密。

抗战开始，周先生舍不得离开北平，也许是他自恃日人不会为难他。以我所知，他不是一个热中仕进的人，也异于鲁迅之偏激孤愤。不过他表面上淡泊，内心里却是冷峭。他这种心情和他的身世有关。一九八二年九月二十日《联合报》万象版登了一篇《高阳谈鲁迅心头的烙痕》：

鲁迅早期的著作，如《呐喊》等，大多在描写他的那场“家难”；其中主角是他的祖父周福清，同治十年三甲第十五名进士，外放江西金溪知县。光绪四年因案被议，降级改为“教谕”。周福清不愿做清苦的教官，改捐了一个“内阁中书”，做了十几年的京官。

光绪十九年春天，周福清丁忧回绍兴原籍。这年因为下一年慈禧太后六旬万寿，举行癸巳恩科乡试：周福清受人之托，向浙江主考贿买关节，连他的儿子也就是鲁迅的父亲周用吉在内，一共是六个人，关节用“宸衷茂育”字样；另外“虚写银票洋银一万元”，一起封入信封。投信的对象原是副主考周锡恩，哪知他的仆人在苏州误投到正主考殷如璋的船上。殷如璋不知究竟，拆开一看，方知贿买关节。那时苏州府知府王仁堪在座，而殷如璋与周福清又是同年，为了避嫌疑起见，明知必是误投，亦不能不扣留来人，送官究办。周福清就这样吃上了官司。

科场舞弊，是件严重的事。但从地方到京城，都因为明年是太后六十万寿，不愿兴大狱，刑部多方开脱，将周福清从斩罪上量减一等，改为充军新疆。历久相沿的制度是，刑部拟罪得重，由御笔改轻，表示“恩出自上”；但这一回令人大出意外，御着批示：“周福清着改为斩监候，秋后处决。”

这一来，周家可就惨了。第二年太后万寿停刑，固可多活一年；但自光绪二十一年起，每年都要设法活动，将周福清的姓名列在“勾决”名册中“情实”一栏之外，才能免死。这笔花费是相当可观的；此外，周福清以“死囚”关在浙江臬司监狱中，如果希望获得较好的待遇，必须上下“打点”，非大把银子不可。周用吉的健康状况很差，不堪这样沉重的负担，很快的就去世了。鲁迅兄弟被寄养在亲戚家，每天在白眼中讨生活：十几岁的少年，由此而形成的人格，不是鲁迅的偏激负气，就是周作人的冷漠孤傲，是件不难想象的事。

鲁迅心头烙痕也正是周作人先生的心头烙痕，再加上抗战开始后北平爱国志士那一次的枪击，作人先生无法按捺他的激愤，遂失足成千古恨了。在后来国军撤离南京的前夕，蒋梦麟先生等还到监牢去探视过他，可见他虽然是罪有应得，但是他的老朋友们还是对他有相当的眷念。

一九七一年五月九日《中国时报》副刊有南宫搏先生一文《于〈知堂回想录〉而回想》，有这样的一段：

我曾写过一篇题为《先生，学生不伪！》不留余地指斥学界名人傅斯年。当时自重庆到沦陷区的接收大员，趾高气扬的不乏人，傅斯年即为其中之一。我们总以为学界的人应该和一般官吏有所不同，不料以清流自命的傅斯年在北平接收时，也有那一副可憎的面目，连“伪学生”也说得出口！——他说“伪教授”其实也可恕了。要知政府兵败，弃土地人民而退，要每一个人都亡命到后方去，那是不可能的。在敌伪统治下，为谋生而做一些事，更不能皆以汉奸目之，“饿死事小，失节事大”，说说容易，真正做起来，却并不是叫口号之易也。何况，平常做做小事而谋生，遽加汉奸帽子，在情在理，都是不合的。

南宫搏先生的话自有他的一面的道理，不过周作人先生无论如何不是“做做小事而谋生”，所以我们对于他的晚节不终只有惋惜，无法辩解。

关于老舍

最近我到美国去，无意中看到我的女儿文蔷收藏的一个小册，其中有一页是老舍的题字。这是四十多年前的事了，当时老舍和我都住在四川北碚。老舍先是住在林语堂先生所有的一栋小洋房的楼上靠近楼梯的一小间房屋，房间很小，一床一桌，才可容身。他独自一人，以写作自遣。有一次我问他写小说进度如何，他说每天写上七百字，不多写。他身体不大好，患胃下垂，走路微微有些佝偻着腰，脸上显着苍老。他写作的态度十分谨严，一天七百字不是随便写出来的。他后来自己说："什么字都要想好久。"他的楼下住着老向一家，但是他们彼此往来并不太繁。老舍为人和蔼可亲，平易近人，但是内心却很孤独。

后来老舍搬离了那个地方，搬到马路边的一排平房中的一间，我记得那一排平房中赵清阁住过其中的另一间，李辰冬夫妇也住过另一间。这个地方离我的雅舍很近，所以我和老舍见面的机会较多。有一天我带着文蔷去看他，文蔷那时候就读沙坪坝南开中学初中，还是十来岁的小孩子。请人签名题字是年轻学生们的习气。老舍欣然提笔，为她写下“身体强学问好才是最好的公民”十三个字。虽然是泛泛的鼓励后进的话，但也可以看出老舍之朴实无华的亲切态度。他深知“身体强”的重要性。

在这个时候，老舍得了急性盲肠炎。当时罹盲肠炎的人很多，在朋友中我首开记录。由于当时缺乏消炎药剂，我两度剖腹，几濒于危，住院一个多月才抬回雅舍休养。老舍步我后尘，开刀也不顺利，据赵清阁传来消息，打开腹腔之后遍寻盲肠不得，足足花了个把钟头，才在腹腔左边找到，普通盲肠都在右边，老舍由于胃下垂之故，盲肠换了位置。行手术后，他的身体益发虚弱了。

抗战初，老舍和我一样，只身出走到后方，家眷由济南送到北平。他写信给朋友说：“妻小没办法出来，我得向他们告别，我是家长，现在得把他们交给命运。”后来我曾问其夫人近况，他故作镇定地说：“她的情况很好，现服务于一所民众图书馆——就是中央公园里那个‘五色土’的后面的那座大楼。”事实上，抗战到了末期的时候北平居民生活非常困苦，几近无以为生的地步。不久，老舍的夫人胡絜青女士来到了后方，在北碚住了不久便和老舍搬走，好像是搬到重庆附近什么乡下去了。他离去不久有一封信给我，附近作律诗六首。诗写得不错，可以从而窥见他的心情，他自叹中年喜静，无钱买酒，半老无官，文章为命，一派江湖流浪人的写照！

老舍之死，好久是一个谜，现在不是谜了。他死得惨，他的父亲也死得惨。胡絜青说：

八国联军攻入北京城的时候，他父亲死在南长街的一家粮店里。是舅舅家的二哥回来报的信，这个二哥也是旗兵……他败下阵来，路过那家粮店，进去找点水喝，正巧遇见了老舍的父亲。攻打正阳门的八国联军的烧夷弹把父亲身上的火药打燃，全身被烧肿，他自己爬到这个粮店等死。二哥看见他的时候，他已不能说话，遍身焦黑，只把一双因脚肿而脱下的布袜子交给了二哥。后来父亲的小小衣冠冢中埋葬的就是这双袜子。这时老舍不足两岁。

这段悲惨的家史是天然的小说题材，在老舍的一生中，不管走到哪里，它都一次又一次地回到他的记忆里，勾起他的无限辛酸和义愤。

历史不能重演，然而，历史又往往那么酷似。老舍的父亲牺牲在帝国主义的炮火之下，老舍本人竟惨死在"文艺黑线专政"论的毒箭之下；老舍的父亲孤单而受尽苦痛地死在一间小粮店里，老舍本人也同样孤单而受尽苦痛地死在一个小湖的岸边；老舍的父亲的墓冢中没有遗骨，只有一双布袜子，老舍本人的骨灰盒中也同样没有骨灰，只有一副眼镜和一支钢笔……(《正红旗下》代序)

老舍父子都是惨死，一死于八国联军，一死于"四人帮"的爪牙。前者以旗兵身份战死于敌军炮火之下，犹可说也，老舍一介文人，竟也死于邪恶的“文艺黑线专政”论的毒箭之下，真是惨事。我们的了解是，他不是溺死在一个小湖的水里，他是陈尸在一个小湖的岸边。他的尸首很快火化了，但是他的骨灰盒里没有骨灰！像老舍这样的一个人，一向是平正通达、与世无争，他的思想倾向一向是个人主义者、自由主义者，他的写作一向是属于写实主义，而且是深表同情于贫苦的大众。何况他也因恪于形势而写出不少的歌功颂德的文章，从任何方面讲，他也不应该有他那样的结局。然而，不应该发生的事居然发生了。我没有话说，我想起了胡适先生引述《豆棚闲话》所载明末时民间的一首《边调歌儿》：

老天爷，你年纪大了，

耳又聋来眼又花。

你看不见人，听不见话。

杀人放火的享尽荣华，

吃素看经的活活饿杀！

老天爷，你不会做天，你塌了罢！

你不会做天，你塌了罢！

老舍最后一部小说是《正红旗下》。一九八〇年六月北京人民文学出版社出版，一百四二页，九万七千字。

这部小说作于一九六一年底和一九六二年。据胡絜青的代序说，这部小说的遭遇很惨，经过也很曲折。小说以写满人为主，而且是清朝末年的满人，并且是以义和团那个时代的骚动为背景。所以在体裁上当然与所谓“现代体裁”不同。老舍所以敢动笔写这一部早就想写的小说，是因为他以为他已获得允许可以“在一定的大前提之下自由选择体裁”，但是他想错了。一九六二年下半年，起了一阵“现代文字狱妖风”，株连了一大批文艺工作者。“谁愿意莫名其妙地因写小说而被戴上‘反党’的大帽子呢？”“这些文艺政策上的不正常现象就构成了《正红旗下》既没写完，又没发表的原因。”

《正红旗下》原稿一百六十四页成了无法见天日的违禁品，“被藏在澡盆里，锅炉里，煤堆里，由这家转到那家，由城里转到郊区，仿佛被追捕的可怜的小鹿”。我们现在读这部《正红旗下》，真看不出对任何人有违碍之处，也许其惟一可议之处是缺乏合于某些时尚的标语口号。也许这部小说是忠于历史、忠于人性、忠于艺术的写实作品，而不是什么为谁服务的东西，于是犯了忌讳。总之是这部长篇小说刚刚开了一个头，介绍了故事中几个人物，刚刚要写到义和团事变，刚刚要写到他父亲的惨死，便停笔了，而且残稿一直没有能发表，直到老舍死后好久才得出版。

这部小说没有写完是一憾事。在作风上这部自传性质的小说和以往作品不同，态度较严肃，不再在口语文字方面的诙谐取巧。毫无隐避的这是自传性质的一部小说，不过究竟是小说，不是自传。人物是真的，背景是真的，故事穿插有真有假。从这部小说中我们可以明了老舍的身世。

老舍生于光绪二十四年腊月二十三日（西历一八九九年二月三日），正是糖瓜儿祭灶那一天。他本名舒庆春，旗人有名无姓，指名为姓，晚近多冠以汉姓，所以老舍到底原来是何姓氏，是不是姓舒，现无可考。对于老舍最有研究的胡金铨先生在他的《老舍和他的作品》一书中也说："舒字可能是排行……我们就暂定他姓舒。"我近阅崇彝著《道咸以来朝野杂记》(页四七)，据说"满州八大姓"之一是"舒穆鲁氏"，译姓舒。可能老舍姓舒，译自舒穆鲁，并不是名字之上冠以汉姓。这是我的猜测，无关宏旨。

老舍的出生地点，在《正红旗下》附录有详细的说明，是很有趣的。他出生"在一个顶小顶小的胡同里……一个很不体面的小院"，在西城护国寺附近的小杨家胡同(以前名为小羊圈，后嫌其不雅而改今名)。现在这小院的门牌是八号。这个"不见经传"的地方，在老舍笔下实际上已被描写过许多次，他告诉过我们："我们住的小胡同，连轿车也进不来，一向不见经传"，(《吐了一口气》)，最窄处不过一米，最宽处不过一米半左右，唯因其不见经传，至今没有被拆掉，没有被铲了。"那里的住户都是赤贫的劳动人民，最贵重的东西不过是张大妈的结婚戒指(也许是白铜的)，或李二嫂的一根银头簪。""在我还是个孩子的时候，我们的小胡同里……夏天佐饭的'菜'往往是盐拌小葱，冬天是腌白菜帮子，放点辣椒油。还有比我们更苦的，他们经常以酸豆汁度日。它是最便宜的东西，一两个铜板可以买很多。把所能找到的一点粮或菜叶子掺在里面，熬成稀粥，全家分而食之。从旧社会过来的卖苦力的朋友们都能证明，我说的一点不假！"(《勤俭持家》)在《正红旗下》里，特别是附录里，老舍诞生地的实在情形描写得更是详尽。我强调这个破落的大杂院，是要说明老舍出身是何等的清苦。老舍出生到长大，一直就是在这样一个穷苦的环境里打转，照理说他的所谓“成分”应该算是很好，然而他还不能免于文艺政策的歪风之一厄！

老舍是旗人。旗人就是满洲人。清太祖时，士卒分编为八旗，以黄、白、红、蓝四旗为左翼，镶黄、镶白、镶红、镶蓝为右翼，是为满洲八旗。太宗时添设蒙古八旗，汉军八旗，扩大编制，攻占全国。满、蒙、汉旗兵共约二十八万人，拱卫京师，并分驻国内重要地区。最初旗人都是旗兵，后来繁衍日众，旗人不必是兵。但是朝廷优遇旗人，每口按月发放饷银。从此旗人成为特权阶级，养尊处优，生活安逸。清朝并不像元朝那样的歧视汉人，元人以蒙古人为优先，色目人次之，汉人又次之，南人最下。满清比较开明，虽然满人、汉人之间显然仍有轩轾。尤其是旗人领饷一事，造成民间不平的现象，养成旗人懒惰的恶习，最为失策。满洲人本是优秀的民族，八旗兵本是勇悍的战士，但是到清朝晚年，大部分旗人已经不能维持其优越的生活水准，不待辛亥革命全面停发饷银，旗人早已沦为穷困的阶级了。老舍笔下的北京贫民，正是当时典型的旗人。

在清朝晚年，北京的旗人汉人已经在生活习惯上大体互相影响，有融为一体之势。民族间的创痕经过几百年时间的冲淡，已经不复成为严重的课题。不过旗人与汉人之间究竟还有一些不同的地方。例如：旗人礼貌特别周到，繁文缛节也特别多，旗礼比汉礼要多很多讲究。旗人说话也特别委婉含蓄，声调和缓而爽朗，不时地带着一点诙谐打趣的味道。在生活享受的艺术上，旗人也是高人一等，不分贫富，常能在最简陋的条件下获致最大的享受。诸如此类，不胜枚举。道地的北京人能很快的辨识谁是旗人谁是汉人。可见汉满之间的分别尚未尽泯。满人的民族意识还是存在的。老舍对于旗人，尤其是赤贫的旗人，就很关切。他这一部《正红旗下》便是以全副力量描写他自己的身世，也同时描写那一时代的旗人生活的状态。可惜的是他没写完。

一九六四年夏天老舍在河北密云县耘营大队住了约三个月，为什么老舍要到那地方去？是“劳动改造”？是“下放”？是自费旅游？是官方招待？我们不知道。老舍有一篇散文题名《下乡简记》，记他的耘营之旅，开头一段是这样的：

地点：密云县机关公社的耘营大队。耘营位于密云县城外，东西约五里。

原因：为什么要到耘营去？因为这里有不少满汉旗人。

在辛亥以前，满蒙旗人当兵吃粮为主要出路，往往是一人当兵，全家都吃那一份钱粮，生活很困难。赶到辛亥革命以后，旗兵钱粮停发，生活可就更困难了。旗兵只会骑马射箭，不会种地，没有手艺，钱粮一停，马上挨饿。他们的子弟呢，只有少数念过书，又不善于劳动，只有作一些小生意，往往连自己也养不活。原来，清朝皇帝对旗人的要求，就是只准报效朝廷，不许自谋生计，这就难怪他们不善于劳动了。辛亥革命呢，又有点笼统地仇视满人。这么一来，整整齐齐的耘营就慢慢的变成‘叫花子营’了！有的人实在当无可当，卖无可卖，便拆毁了营房，卖了木料；有的甚至于卖儿卖女！拆、典、当、卖，死、走、逃、亡，悲惨万状。这里原有满蒙旗人二千户，是乾隆四十五年由北京调拨来的，担任皇帝到承德去避暑或狩猎的中途保护工作。到解放时，只剩下二百多户，都极穷困。因此，我要去看，他们今天是怎样活着呢。

老舍出生地小杨家胡同在北京城里，辇毂之下，在义和团时代即已堕落成那个样子，由北京调拨到密云县的耘营大队，情形还好得了吗？似乎不能怪辛亥革命之仇视满人，一大群人任何事不做平白领饷，无论如何是说不过去的。满清最初也不是完全不重视八旗的教养。《清会典》："八旗都统，满洲八人，蒙古八人，汉军八人……掌八旗之政令，稽其户口，经其教养，序其官爵，简其军赋……"二十四位都统，还有四十八位副都统，在"经其教养"方面究竟做了些什么事？据《清会典》事例，"雍正七年议准，满洲蒙古，每参领下各设学舍一所，十二岁以上幼丁均准入学"，是为"八旗义学"。又"顺治元年定，八旗各择官房一所，建为学舍，以教八旗子弟"，是为"八旗官学"。此外，八旗有公产，"不下数十万亩，详查八旗闲散人内，有正身情愿下乡种地者，上地给予一百亩，中地给予一百五十亩，下地给予二百亩，令携家口居乡耕种。初耕之年，量给牛种房屋之资"。又"雍正二年覆准，以二百余顷作为井田，将无产业之满洲蒙古汉军，共一百户，前往耕种，每户授田百亩，凡八百亩为私田，百亩为公田……设立村庄，盖土房四百间，给予种地人口粮耕牛籽种农具，以便耕种，并于八旗废官内拣选二人前往管理"。凡此种种法令设施，早年对于旗人福利之关切不可谓漫不经心，此后苟能本此精神认真办理，旗兵驻扎之地的后人应该不至于沦落为"叫花子营"。此则吾人读《正红旗下》之后，于表示同情之余，又不能不有的一番感慨。

老舍写《正红旗下》的真正主题，据胡絜青的说明，乃是“要告诉读者：清朝是怎样由‘心儿里’烂掉的，满人是怎样向两极分化的，人民是怎样向反动派造反的，中国是一个何等可爱的由多民族组成的统一的大有希望的国家……”这一个伟大的主题，由于这部小说才写了一个开端便停止了，我们无法看到老舍怎样地去发挥。

老舍夫人胡絜青是一位画家，曾拜在齐白石门下，大笔纵横，饶有气魄，最近曾在香港展出她的作品，我看到她的精印的画册。

附印在文左她写的四个大字：“健康是福”，我们不难从这四个字揣想她的心情，一个人能健康地活着便是幸福，这是人生起码的条件，然而也是很难得的理想啊！

陆小曼的山水长卷

最近看到陈从周先生的一篇文章，《含泪中的微笑——记陆小曼画山水长卷》。陈先生和徐志摩有姻娅关系，有关志摩与小曼的事情他知道得最多。陈先生这篇文章，含有我们前所未知的资料，弥足珍贵。谨先就陈先生所提供的资料择要抄述于后。

陆小曼是常州人，生于一九〇三年农历九月十九日，卒于一九六五年四月三日，享年六十三岁。她临终时把三件东西交付给陈从周先生，一是《徐志摩全集》的一份样本，一箱纸版；二是梁启超为徐写的一副长联；三是她自己画的山水长卷。陈先生把全集送给了北京图书馆，梁联及画卷交给浙江博物馆，总算保存了下来。可惜的是全集纸版归还了徐家，在所谓“十年内乱”期间于抄家中失去了。

山水长卷是小曼的早期作品，结婚后在上海拜贺天健为师学画，陈先生许为“秀润天成”。此画作于一九三一年春，时小曼二十九岁。这长卷由志摩于夏间携去北京，托邓以蛰（叔存）先生为之装裱。装成，邓有跋语说明。胡适之先生在下面题了一首诗，诗曰：

画山要看山，画马要看马。

闭门造云岚，终算不得画。

小曼聪明人，莫走这条路。

拼得死功夫，自成真意趣。

小曼学画不久，就作这山水大幅，功力可不小！我是不懂画的，但我对于这一道有一点很固执的意见，写成韵语，博小曼一笑。

适之、二十、七、八、北京

陈先生说，胡适这一个观点是以前没有发表过的。杨铨（杏佛）先生题了一首唱反调的诗：

手底忽现桃花源，胸中自有云梦泽，

造化游戏成溪山，莫将耳目为梏桎。

小曼作画，适之讥其闭门造车，不知天下事物，皆出意匠，过信经验，必为造化小儿所笑也。质之适之，小曼、志摩为如何？

二十年七月二十五日杨铨

小曼的老师贺天健后来也题了一首诗：

东坡论画鄙形似，懒瓒云山写意多；

摘得骊龙颔下物，何须粉本拓山阿。

梁鼎铭先生也有一段题识，他说：

……只是要有我自己，虽然不像山，不像马，确有我自己在里头就得了。适之说，小曼聪明人，我也如此说，她一定能知道的。适之先生以为如何？……

较长的题跋是陈蝶野先生的，他说：

……今年春予居湖上，三月归，访小曼，出示一卷，居然崇山叠岭，云烟之气缭绕楮墨间，予不知小曼何自得此造诣也。志摩携此卷北上，归而重展，居然题跋名家缀满纸尾。小曼天性聪明，其作画纯任自然，自有其价值，固无待于名家之赞扬而后显。但小曼决不可以此自满。为学无止境，又不独为画然也。

蝶野

这一幅山水长卷，徐志摩随带在身，一九三一年夏，预备到北京再请人加题，不料坠机而亡，但是这幅画却未毁掉，小曼一直保存到死。陈从周先生在题记中说：“历劫之物，良足念也。”如果不是他把这幅画送交浙江博物馆，恐此画早已被劫。

以上是抄述陈先生的大文。兹略述感想。

陆小曼是聪明人，大家所公认。她一向仅仅被人视为交际场中的一个名人，这是不公道的，她有她较为高尚的一面。沉溺在鸦片烟的毒雾里，因而过了一段堕落糜烂的生活，这也是事实。胡适之先生曾对朋友说："志摩如果再在上海住下去，他会被毁了的。"所以他把他请到北京去教书。但是志摩没有对小曼绝望，他还是鼓励她向上。看这幅山水长卷，就是在堕落糜烂期间完成的。她并不自甘于堕落。听说后来她戒绝了鸦片，在绘画方面颇为用功，证之陈从周先生所说"她画的山水，秀润天成，到晚年则渐入苍茫之境"，更足以令我们相信她已脱胎换骨，有了完全不同的风貌。

小曼在二十九岁学画不久，就能画出这样的一幅山水长卷，难怪胡适之先生要说"功力可不小"！言外之意可能是不信她有此功力。这张画我没见过，就我所见的陈先生大文附刊的图片而论，虽然模糊不清，但也可以看出布局的大概。在用笔用墨方面还看不出造诣的深浅，大概是走的纤细工整的路子。一般人学画都是从临摹入手，即使没有机会临摹古人的真迹，往往也有粉本可资依据。小曼此画是否完全出自机杼，我们不能臆断。

撇开陆小曼的画不论，胡适之先生的题诗及其引起的反调，倒是颇有趣味的一个论题。胡先生是一贯的实验主义者，涉及文艺方面他就倾向于写实。所以他说："画山要看山，画马要看马。"有物在眼前，画起来才不走样。这话不是没有道理。尤其是对于初学画者，须先求其形似，然后才能摆脱形迹挥洒自如。西洋画就是这样，初学者就是要下死功夫白描石膏。即使功夫已深，画人物一大部分仍然要有模特儿。其实我们中国画家也不是不知道这一番道理。赵子昂画马不是自己也趴在地上揣摹马的各种姿态吗？中国的山水画家哪一个不喜欢遨游天下名山大川？我从前胆大妄为，曾摹画过一张“蜀山图”，照猫画虎，不相信天下真有那样重峦叠嶂峰回路转的风景，后来到了四川，登剑门，走栈道，才知道古人山水画皆有所本，艺术模仿自然，诚然不虚。甚至看了某些风景居然入画，所谓“天开图画即江山”，省悟到“自然模仿艺术”之说亦非妄作。大抵画家到了某一境界，胸中自有丘壑，一山一水一石一木，未必实有其境，然皆不悖于理，此之谓创作。

纽约的旧书铺

我所看见的在中国号称“大”的图书馆，有的还不如纽约下城十四街的旧书铺。纽约的旧书铺是极引诱人的一种去处，假如我现在想再到纽约去，旧书铺是我所要首先去流连的地方。

有钱的人大半不买书，买书的人大半没有多少钱。旧书铺里可以用最低的价钱买到书。我用三块五角钱买到一部 Jewett 译的《柏拉图全集》，用一块钱买到第三版的《亚里士多德之诗与艺术的学说》就是最著名的那个 Butcher 译本——这是我买便宜书之最高的纪录。

罗斯丹的戏剧全集，英文译本，有两大厚本，定价想来是不便宜，有一次我陪着一位朋友去逛旧书铺，在一家看到全集的第一册，在另一家又看到全集的第二册，我们便不动声色地用五角钱买了第一册，又用五角钱买了第二册。用同样的方法我们在三家书铺又拼凑起一部《品内罗戏剧全集》。后来我们又想如法炮制拼凑一部《易卜生全集》，无奈工作太伟大了，没有能成功。

别以为买旧书是容易事。第一，你这两条腿就受不了，串过十几家书铺以后，至少也要三四个钟头，则两腿谋革命矣。饿了的时候，十四街有的是卖“热狗”的，腊肠似的鲜红的一条肠子夹在两片面包里，再涂上一些芥末，颇有异味。再看看你两只手，可不得了，至少有一分多厚的灰尘。然后你左手挟着一包，右手提着一包，在地底电车里东冲西撞地踉跄而归。书铺老板比买书的人精明。什么样的书有什么样的行市，你不用想骗他。并且买书的时候还要仔细，有时候买到家来便可发见版次的不对，或竟脱落了几十页。遇到合意的书不能立刻就买，因为顶痛心的事无过于买妥之后走到别家价钱还要便宜；也不能不立刻就买，因为才一回头的工夫，手长的就许先抢去了。这里面颇有一番心机。

在中国买英文书，价钱太贵还在其次，简直的就买不到。因此我时常地忆起纽约的旧书铺。

记梁任公先生的一次演讲

梁任公先生晚年不谈政治，专心学术。在民国十二年左右，清华学校请他做第一次的演讲，题目是“中国韵文里表现的情感”。我很幸运地有机会听到这一篇动人的演讲。那时候的青年学子，对梁任公先生怀着无限的景仰，倒不是因为他是戊戌政变的主角，也不是因为他是云南起义的策划者，实在是因为他的学术文章对于青年确有启迪领导的作用。过去也有不少显宦，以及叱咤风云的人物，莅校讲话。但是他们没有能留下深刻的印象。

任公先生的这一篇讲演稿，后来收在《饮冰室文集》里。他的讲演是预先写好的，整整齐齐地写在宽大的宣纸制的稿纸上面，他的书法很是秀丽，用浓墨写在宣纸上，十分美观。但是读他这篇文章和听他这篇讲演，那趣味相差很多，犹之乎读剧本与看戏之迥乎不同。

我记得清清楚楚，在一个风和日丽的下午，高等科楼上大教室里坐满了听众，随后走进了一位短小精悍秃头顶宽下巴的人物，穿着肥大的长袍，步履稳健，风神潇洒，左右顾盼，光芒四射，这就是梁任公先生。

他走上讲台，打开他的讲稿，眼光向下面一扫，然后是他的极简短的开场白，一共只有两句，头一句是："启超没有什么学问——"，眼睛向上一翻，轻轻点一下头，"可是也有一点喽！"这样谦逊同时又这样自负的话是很难得听到的。他的广东官话是很够标准的，距离国语甚远，但是他的声音沉着而有力，有时又是洪亮而激亢，所以我们还是能听懂他的每一字，我们甚至想如果他说标准国语其效果可能反要差一些。

我记得他开头讲一首古诗《箜篌引》：

公无渡河。公竟渡河！
渡河而死，其奈公何！

这四句十六字，经他一朗诵，再经他一解释，活画出一出悲剧，其中有起承转合，有情节，有背景，有人物，有情感。我在听先生这篇讲演后约二十余年，偶然获得机缘在茅津渡候船渡河。但见黄沙弥漫，黄流滚滚，景象苍茫，不禁哀从中来，顿时忆起先生讲的这首古诗。

先生博闻强记，在笔写的讲稿之外，随时引证许多作品，大部分他都能背诵得出。有时候，他背诵到酣畅处，忽然记不起下文，他便用手指敲打他的秃头，敲几下之后，记忆力便又畅通，成本大套地背诵下去了。他敲头的时候，我们屏息以待，他记起来的时候，我们也跟着他欢喜。

先生的讲演，到紧张处，便成为表演。他真是手之舞之足之蹈之，有时掩面，有时顿足，有时狂笑，有时叹息。听他讲到他最喜爱的《桃花扇》，讲到“高皇帝，在九天，不管……”那一段，他悲从中来，竟痛哭流涕而不能自已。他掏出手巾拭泪，听讲的人不知有几多也泪下沾巾了！又听他讲杜氏讲到“剑外忽传收蓟北，初闻涕泪满衣裳……”，先生又真是于涕泗交流之中张口大笑了。

这一篇讲演分三次讲完，每次讲过，先生大汗淋漓，状极愉快。听过这讲演的人，除了当时所受的感动之外，不少人从此对于中国文学发生了强烈的爱好。先生尝自谓“笔锋常带情感”，其实先生在言谈讲演之中所带的情感不知要更强烈多少倍！

有学问，有文采，有热心肠的学者，求之当世能有几人？于是我想起了从前的一段经历，笔而记之。